Louise Chevrier

Jérôme et les mots
ou
Les vieux enfants

DONALD ALARIE

Jérôme et les mots
ou
Les vieux enfants

PIERRE TISSEYRE
8955 boulevard Saint-Laurent — Montréal, H2N 1M6

Dépôt légal : 4e trimestre 1980
Bibliothèque nationale du Canada
Bibliothèque nationale du Québec

Le jeu, Un tableau, Le fossoyeur, Une page blanche (comme du lait), Au pied du mur ont été publiés dans la revue LIBERTÉ sous une forme parfois légèrement différente.

« ... ce qui l'intéressait, et moi aussi, ce n'était pas les lois, mais les exceptions à ces lois, c'est-à-dire les cas particuliers, uniques. »

Julio CORTAZAR
(entrevue accordée à la revue *Liberté*, janvier 1980)

Table des matières

JÉRÔME ET LES MOTS

1

Avant, lorsqu'il partait, il venait me saluer dans ma chambre. Il venait me dire bonjour ou bonsoir et il me regardait dans les yeux et je le voyais rire de tout son être. Il s'arrêtait dans la porte de ma chambre et nous nous aimions plus intensément pendant quelques secondes. Lorsqu'il mettait son chapeau d'homme sérieux, je sentais qu'il allait partir, mais je savais aussi qu'il hésiterait encore un peu, une seconde ou deux avant de se retourner pour se diriger vers l'extérieur. Je savais que me quitter lui demandait un effort démesuré et cela me rendait fou de joie. Il ne m'a jamais vraiment parlé de l'envie folle qu'il ressentait de passer la journée à la maison, mais je devinais cela à sa façon de s'y prendre à deux ou trois fois pour mettre son chapeau d'homme sérieux. Avant, nous étions très heureux. Et maintenant, nous le sommes encore, mais de façon moins intense, de façon différente.

Je viens de l'entendre sortir et il n'est pas venu me voir. Il a cependant hésité quelques secondes dans l'entrée. J'ai entendu la Petite frapper dans la fenêtre pour qu'il se retourne et la regarde. A-t-elle réussi à attirer son attention ? Je l'espère pour elle. Elle s'invente présentement une chanson qui parle d'une maison en forme de ballon et d'un arbre qui a des oreilles qui ressemblent à des pommes de terre. La maison est dans l'arbre et le monstre est en train de manger les pommes de terre avec une four-chette rouge... Elle éclate de rire et tourne le bouton du poste de télévision pour regarder Passe-Partout. Elle en a au moins pour quinze minutes à rire comme une folle. Il me semble voir ses yeux briller comme des soleils de paix, des soleils de paix tellement uniques qu'aucun chef politique photo-graphié dans le journal n'aurait la prétention de les lui emprunter.

Avant, nous avons eu des moments de bonheur tellement pleins que je me disais parfois que ça ne pouvait pas durer, que les gens en général n'ont pas accès à un tel bonheur, que les gens en général n'osent même pas aspirer à un tel état de bien-être. Il leur arrive bien de rêver le temps d'un film à la télé mais ça ne dure pas. Ils n'ont pas le temps d'y penser. Ils sont trop occupés par le quotidien. Avant ces événements inattendus, nous avons eu de belles journées à la campagne à courir le long de la rivière. Nous étions bien parce que nous n'avions pas le temps de sentir peser sur nous le silence. Maintenant, il nous arrive encore de rire, mais je sens que tout le monde fait un effort pour ne pas que les sourires se changent en grimaces.

Quand la Petite vient dans ma chambre, je devine qu'elle aussi a de la difficulté à accepter ce qui se passe. Il est évident qu'elle ne comprend pas trop le déroulement des choses. Lorsqu'elle regarde Passe-Partout dans ma chambre, elle rit beaucoup moins que lorsqu'elle regarde la télé dans le salon. Lorsqu'elle est dans le salon, elle chante et

10

je l'entends crier : « Bravo grand-papa Bi ! Bravo Pruneau ! » Quand elle est au pied de mon lit, elle regarde sans dire un mot. Et lorsqu'elle sourit, je sens que c'est pour me faire plaisir.

Et il y a maintenant elle, la dame qui est avec lui et qui partage sa chambre la nuit. Avant nous étions trois et maintenant nous sommes quatre. Nous devrions avoir plus de joie à partager, mais pour l'instant ce n'est pas le cas.

Lorsqu'il revient à la maison et qu'il enlève ses vêtements d'homme sérieux, je les entends parfois rire dans la cuisine ou le salon. Moi qui suis cloué dans mon lit, j'aimerais bien les voir rire ensemble. Il est vrai que jusqu'à présent, c'est surtout de ma faute s'ils ne viennent pas rire dans ma chambre puisque les deux ou trois fois qu'ils ont essayé de le faire, je les ai presque mis à la porte. Il est normal qu'elle soit mal à l'aise avec moi. Elle est peut-être prête à essayer de m'aimer. Et moi aussi...

Il faut dire que ce que nous avons vécu avant le départ de maman et avant cet accident bête qui me cloue dans mon lit était tellement intense que je ne sais pas si, un jour, la Petite, moi, elle et lui nous pourrons être à nouveau pleinement heureux.

2

Avant mon accident et le départ de maman, je me disais parfois que nous formions une famille unique, une famille exceptionnelle. Quand je regardais les voisins se disputer je me disais que nous formions un groupe quasi anormal. Il m'est même arrivé de me sentir mal à l'aise de vivre dans une telle insouciance. Lorsque le voisin me demandait pourquoi chez nous, il n'y avait jamais de bagarre, je me contentais de hausser les épaules, gêné de ne pouvoir lui répondre de façon plus précise. Il me regardait avec envie, se disant sans doute que les riches sont toujours plus heureux. Sommes-nous vraiment riches? Nous avons deux voitures, mais est-ce que cela veut dire que nous sommes riches? Je ne crois pas. Ces détails ne m'ont jamais préoccupé. Au fond, c'est peut-être cela la richesse...

Avant mon accident et le départ de maman, je ne réfléchissais pas beaucoup. Je n'avais pas le temps de penser, de me poser des questions. Quand la vie est bien pleine de bonnes choses, pourquoi s'arrêter à réfléchir à des problèmes compliqués inutilement. Mais maintenant, je crois que j'ai appris à réfléchir, j'ai appris à me poser des questions. Depuis quatre mois, j'ai l'impression d'avoir vieilli de plusieurs années. Comme si le fait d'être toujours cloué sur ce lit avait donné la chance au temps d'agir sur moi. Quand je courais en plein soleil, le temps n'avait pas le « temps » de m'attraper, mais maintenant, il peut me cerner à loisir puisque je ne peux plus marcher. Il peut même parfois se jeter sur moi et m'avaler pendant quelques minutes. Alors j'ai l'impression de devenir beaucoup plus lucide. Tellement lucide que je crois que je pourrais tout comprendre et tout expliquer avec des mots de grandes personnes comme ce mot « marginal » qui m'est venu tout à coup à l'esprit parce que je l'ai entendu à la télé hier, au moment où un vieux monsieur barbu répondait aux questions d'une belle jeune femme blonde. Même que le vieux monsieur semblait lui aussi ébloui par les yeux de la jeune femme au point de ne plus trop savoir comment terminer une réponse. C'est comme l'arrivée de cette femme qui vit maintenant avec papa. Il y a deux mois, je ne pouvais comprendre pourquoi elle avait pris la place de maman dans la maison, mais maintenant tout est devenu plus clair dans ma tête. Elle est là parce que papa en a besoin. Lorsqu'il revient à la maison, il m'arrive de l'entendre chanter en enlevant son chapeau d'homme sérieux. Depuis le départ de maman, cela ne lui était pas arrivé souvent. Depuis quelques jours, c'est comme s'il avait recommencé à vivre. Bien entendu, il y a un froid entre nous deux à cause de cette dispute lors du départ de maman. Il n'a pas aimé que je l'accuse d'être responsable de ce départ.

3

Au début, je croyais que maman était partie à cause de mon accident. Après mon séjour à l'hôpital, elle est partie presque tout de suite et je me disais qu'il était difficile de comprendre que mon accident ait pu provoquer son départ. Je me rends bien compte maintenant que tout cela est une question de hasard. Elle avait sans aucun doute préparé son départ depuis longtemps et je crois même qu'elle devait prendre l'avion le lendemain de mon accident et qu'elle a retardé son départ parce que ça ne se fait pas de partir alors que son fils est entre la vie et la mort à l'hôpital. Elle a donc patienté plus de trois semaines avant de quitter la maison. J'ai encore sa dernière carte postale sur mon bureau. Elle a écrit en grosses lettres : « JE M'ENNUIE DE TOI, MAIS POUR L'INSTANT, IL

EST PRÉFÉRABLE QUE JE RESTE ICI. JE PENSE À TOI TOUS LES JOURS. JE CONTINUE DE T'AIMER, TOI ET LA PETITE. » Je me demande toujours si les gens qui écrivent avec de grosses lettres ne le font pas pour se débarrasser, pour remplir les cartes postales au plus sacrant...

Je suis un peu naïf de penser que tout allait bien à la maison avant le départ de maman. Tout le monde riait durant nos séjours au chalet, mais quand j'y repense un peu, je me souviens de certains regards que papa et maman s'échangeaient qui pouvaient laisser deviner que leurs rires étaient parfois un peu faux. Nous avions pourtant l'air d'une famille pleinement heureuse et même moi, à ce moment-là, je m'y laissais prendre. Je me plais pourtant à me répéter que nous étions heureux pour entretenir la nostalgie le plus longtemps possible, mais il faut que je me force pour le croire vraiment. Le mot « nostalgie » est un autre beau mot que j'ai appris récemment. C'est un mot qui fait penser à de la gaieté triste.

4

Je pense que la Petite elle aussi a vieilli plus vite ces derniers temps. Je l'ai entendue expliquer quelque chose à sa poupée l'autre jour et je suis persuadé qu'elle aurait été incapable d'expliquer une telle chose il y a seulement trois ou quatre semaines. Elle lui parlait de la nouvelle femme de papa et elle semblait comprendre (est-ce possible ?...) pourquoi elle habitait maintenant à la maison. Elle lui a dit quelque chose comme : « Tu vois bien qu'elle est maintenant là pour y rester.

Mais ne t'en fais pas, si papa l'a choisie, c'est sans doute une bonne femme, même si moi je m'ennuie encore de maman et que j'espère qu'elle reviendra bientôt. Elle habite sans doute dans une autre maison avec un autre homme de l'âge de papa...» Si la Petite peut comprendre de telles choses, il serait normal que moi qui ai huit ans de plus qu'elle, je devienne plus sage et accepte notre nouvelle situation.

5

Je viens d'entendre des pneux crisser sur l'asphalte. C'est le bruit de mon accident. Maman m'avait lu à haute voix le récit d'un accident de bicyclette raconté par un auteur qu'elle aimait bien. Un personnage qui s'appelait Chateaugué se faisait frapper au coin de la rue Craig, à Montréal. Elle m'avait lu ce passage à trois reprises et je ne voyais pas pourquoi elle trouvait cette scène si réussie. Lorsque je me suis retrouvé, étendu par terre au milieu de la rue avec tous ces yeux inconnus penchés sur moi, je me suis souvenu de ce passage et un bout de phrase m'est revenu à l'esprit : « Chateaugué, seul être à âme au sein de ce football à moteur, prenait son essor...» Je me sentais bien seul entouré de cette foule de curieux. J'ai aperçu tout à coup une tache blanche et je me suis évanoui. L'autre jour, j'ai essayé de demander à papa où était ce livre dans lequel on raconte l'accident de bicyclette, mais il m'a répondu sèchement : «Tu sais bien que ta mère a emporté tous ses livres.»

C'est vrai que maman a emporté tous ses livres et l'autre femme a remplacé cela par de la musique. Elle écoute des disques plusieurs heures par jour. Ça ne ressemble pas à de la musique qu'on peut entendre à la radio, du moins pas au poste qu'écoute le voisin. Je pense qu'on peut dire que c'est de la GRANDE musique. Il y a en particulier une pièce qu'elle écoute tous les jours. Ça dure au moins trente minutes et on dirait qu'ils sont au moins cent à jouer ensemble. Je pourrai peut-être un jour sourire à cette femme. Maman m'a déjà dit que les gens qui aiment les belles choses — et par belles choses, je pense qu'elle faisait allusion aux livres, à la peinture, à la musique... — ne pouvaient être totalement méchants. Elle parlait aussi de l'innocence perdue et retrouvée... J'avoue que je ne la comprenais pas très bien. Je ne la suivais pas jusque-là.

Si maman est partie, elle devait sûrement avoir une bonne raison et c'est cela que je n'arrive pas encore à comprendre vraiment. Si elle nous aime, pourquoi est-elle partie ? J'ai entendu une fois papa parler d'un certain Gérard qui habite dans un pays lointain. C'est peut-être cela... Les adultes doivent être bien malheureux lorsqu'ils ont à choisir entre leurs enfants et une autre personne qu'ils aiment beaucoup. Mais moi, avec ma situation d'infirme, cela ne m'arrivera probablement jamais. Au fond, je suis peut-être chanceux. Je suis un « marginal ». J'ai encore réussi à bien utiliser ce mot.

Jouer avec les mots, ça vaut bien d'autres jeux...

16

6

Une autre carte de maman. Elle écrit encore avec de grosses lettres que je n'aime pas. « COMME TU VOIS, JE SUIS DANS CE BEAU PAYS QUI S'APPELLE LA FRANCE. J'ESPÈRE VENIR VOUS VOIR BIENTÔT. PRENDS BIEN SOIN DE LA PETITE. » C'est tout. Elle parle comme si elle avait oublié mon accident. « Prends bien soin de la Petite... » Elle croit peut-être que je vais me lever pour aller me promener avec elle dans le parc comme je le faisais l'été dernier. Elle pense peut-être que si je l'entends pleurer, je vais courir pour lui porter secours. Et l'autre avec sa musique... Mais c'est très beau. Il faut bien que je l'admette. Du piano, c'est parfois très doux. Peut-être a-t-elle décidé de m'apprivoiser avec de la musique...

7

Aujourd'hui, maman est revenue. C'était parfois très violent entre elle et papa, mais je pense que tout s'est bien terminé.

J'ai été réveillé en sursaut par des cris et je croyais rêver jusqu'à ce que je comprenne que maman était vraiment dans la maison. Je voulais lui crier de venir me voir, l'appeler, mais les mots ne sortaient pas de ma gorge. J'avais la bouche sèche et je pensais qu'elle quitterait la maison d'une minute à l'autre sans venir me voir. Je me disais que ça n'avait pas de bon sens, qu'il fallait que je la voie absolument, qu'elle ne pouvait me faire ça et tout à coup, elle est apparue dans la porte de ma chambre. Nous avons ri et pleuré en même temps. J'étais fou de joie surtout que ce matin j'ai senti d'étranges fourmillements dans le bout de mon pied droit. Ils ne sauront rien, mais je me demande si je ne suis pas en train de guérir. Une seule chose est importante pour l'instant : maman va habiter Montréal très bientôt et elle a obtenu la permission de papa de venir nous voir, moi et la Petite, à condition que ce soit durant l'après-midi. La Petite pour sa part, est restée figée plusieurs minutes comme si elle avait affaire à une apparition. Puis elle s'est mise à parler à maman comme si de rien n'était. Parfois, la Petite me fait peur. On dirait qu'elle vit sur une autre planète et lorsqu'elle a vu maman, c'est un peu comme si elle s'était dit : tiens, elle est revenue, celle-là... Et par la suite elle est descendue de sa planète pour venir nous rejoindre dans mon lit.

Et mon lit avait l'air d'un bateau tellement il bougeait. Et le capitaine papa nous regardait du haut de la passerelle et il ne semblait pas vraiment heureux de voir les marins se laisser aller à un tel débordement de joie. Peu à peu cependant, ses yeux ont semblé découvrir quelque chose et au moment où j'avais l'impression qu'il allait sourire, il est parti brusquement.

Maman a maintenant les cheveux blonds. Elle était là depuis vingt minutes et je ne l'avais pas encore remarqué. Je ne voyais que ses yeux qui eux ont peu changé. J'ai un peu honte de m'être laissé avoir par une telle chose. Peut-être que lors de sa prochaine visite, je remarquerai plein de choses qui ont changé chez elle. Le regard fixe de la Petite provenait probablement de la chevelure de maman.

18

8

Tous les jours, maman vient passer quelques heures à la maison. Elle arrive habituellement vers une heure trente de l'après-midi et repart vers quatre heures. Papa, lui, arrive toujours vers cinq heures. Il vient me dire bonjour, me demande comment s'est passée la journée. Il sait bien que maman est venue puisque son parfum remplit l'air de ma chambre. Et il y a ces petites gâteries qu'elle nous apporte, à moi et la Petite. Aujourd'hui, ce qui a semblé contrarier papa, c'est lorsqu'il a vu sur le coin de mon bureau le livre dans lequel est raconté l'accident de bicyclette. Il a pris le livre un instant dans ses mains et j'ai cru qu'il allait me l'enlever, mais non. Il l'a remis à sa place avant de partir.

J'ai retrouvé le passage de l'accident de Chateaugué. Je l'ai lu et relu et c'est incroyable comme cet accident ressemble au mien, avec la pluie en moins. Lors de mon accident, il y avait plein de soleil. Mais pour le reste, ça se ressemble beaucoup : le bruit des autos, le feu rouge qui apparaît brusquement, le choc et la chute...

Maman parle parfois de sa nouvelle vie. Elle essaie de m'expliquer qu'elle et papa redeviendront bientôt de bons amis même s'ils ne vivent plus ensemble. Là je ne la suis pas. Du moins pas tout à fait. Comment pourront-ils redevenir de bons amis après toutes leurs disputes qui ont précédé le départ de maman ?

9

Aujourd'hui, la Petite a posé une drôle de question. Elle a d'ailleurs le don de poser de drôles de questions au moment le plus inattendu. « Quand viendras-tu nous voir avec ton nouveau papa ? », qu'elle a demandé à maman.

10

Oui, les adultes sont parfois bizarres. Ils ont des réactions difficiles à comprendre. Maman et la nouvelle femme de papa sont en train de devenir amies. Eh oui ! Qui aurait pu penser cela ? Maman n'est pourtant revenue que depuis trois semaines.

Cet après-midi, par exemple, maman a quitté ma chambre vers trois heures trente et je croyais qu'elle devait partir plus tôt qu'à l'ordinaire. Mais je me suis vite rendu compte qu'elle me délaissait pour la nouvelle femme de papa. Ça m'a mis en maudit sur le coup. Puis je me suis fait peu à peu à cette idée. Je croyais qu'elles allaient peut-être se disputer. Mais non. Elles parlaient comme de vieilles amies. Et j'ai entendu la nouvelle femme de papa rire un peu comme lorsque papa arrive à la maison, le soir. Et moi j'étais assis dans mon lit, pensant que j'aurais peut-être bientôt deux mères. Mais ce qu'il y a eu de plus étrange, c'est qu'elles ont oublié l'heure et que papa les a surprises en pleine conversation intime. Est-ce que j'emploie bien le mot « intime » ?... Il y a sans doute eu quelques secondes de malaise puisque le ton enjoué des deux femmes a tout à coup disparu.

Durant une bonne partie de la soirée, j'ai entendu papa et sa nouvelle femme chuchoter dans le salon. Des mots me parvenaient : raisonnable... adultes... amitié... bien des enfants...

11

Ça fait plusieurs jours que je n'ai pas ouvert ce journal personnel. Je ne savais d'ailleurs pas que ça s'appelait comme ça jusqu'à ce que maman me dise l'autre jour : « Tiens, tu écris ton journal personnel... »

Même si nous ne courons pas dans l'herbe le long de la rivière comme avant, nous commençons à vivre de façon plus heureuse. Et lorsqu'on vit de façon plus heureuse, on a moins le temps de réfléchir à ses malheurs. C'est sans doute pour cela que j'écris moins souvent. Je devrais pourtant ouvrir ce journal personnel plus régulièrement puisque maintenant j'apprends plein de nouveaux mots. La femme de papa, je veux dire Claire, et maman viennent souvent jouer avec moi dans ma chambre, l'après-midi. La Petite nous regardait au début sans trop comprendre, puis elle a cessé de se poser des questions et elle semble être descendue de sa planète de façon définitive. Claire et maman s'occupent aussi d'elle. J'espère qu'un jour papa viendra nous rejoindre pour partager nos rires.

12

Le fourmillement au bout de mon pied droit n'est pas revenu. Je rêvais peut-être.

Je me demande si les gens écrivent seulement quand ils ne sont pas heureux. Il y a pourtant des histoires qui finissent bien. Il faudra que je parle de tout cela à maman et à Claire. Papa a peut-être une opinion lui aussi sur ce sujet.

13

Ça va décidément beaucoup mieux. La Petite a retrouvé son rire d'avant mon accident.

Pour ce qui est de papa, il semble peu à peu accepter l'amitié entre maman et Claire. Je lui ai posé ma fameuse question au sujet de ceux qui écrivent... Il m'a répondu : « Tu sais, je ne suis pas écrivain. » Mais je sentais bien qu'il aurait aimé me donner la bonne réponse.

Nous recommençons à vivre peu à peu...

LE JEU

L'œil tomba par terre et se mit à rouler bien calmement sur le trottoir. Un passant s'arrêta, hésita un instant puis décida de continuer sa route. Le propriétaire de cet œil, un vieillard qui avait conservé le sens de l'humour, s'était pour sa part endormi, assis sur un banc. Tout était calme et l'œil semblait parfois contempler les nuages et parfois jeter un regard à l'horizontale pour vérifier si quelqu'un venait vers lui. Les nuages s'étaient tellement reflétés dans cet œil-là, qu'il avait pris à la longue une teinte de gris très nuancé. C'était à n'en pas douter un œil un peu moqueur. Parfois un peu trop luisant aussi. Un œil plutôt drôle. Un œil capable de sauter hors de son orbite sans prévenir. Imaginez un œil assis au centre du trottoir et qui contemple le monde d'un air, en apparence, indifférent...

Lorsque le vieil homme s'éveilla, il se frotta d'abord l'œil droit avant de s'étirer un peu. Quand il leva la main vers l'autre œil, il sentit que quelque chose n'allait pas et comprit en même temps qu'il lui manquait une partie de lui-même. Mais sans

25

s'énerver, sans perdre patience, il commença ses recherches d'un air moqueur. Son œil droit bougeait sans cesse et riait même de plaisir, fouillant l'espace environnant avec minutie. Après quelques minutes, il sentit quelque chose au bout de ses doigts et sa main se referma brusquement sur l'œil gauche toujours assis calmement sur le sol.

Et l'homme s'en alla en riant, tenant au creux de sa main cet œil parfois un peu trop enjoué.

IL ÉTAIT BEAU
ET IL FAISAIT
ROUGIR LA MORT,
COUCHÉ DANS
SES DRAPS BLANCS

Il était couché dans son lit tout blanc et il tenait dans ses mains tremblantes le journal du matin. Une larme glissait lentement, se frayant péniblement un chemin entre les rides profondes de son visage à la peau trop blanche. La larme réussit enfin à atteindre le menton et tomba sur la page du journal. Cela faisait une petite tache sur la page criblée de mots. La larme fit un cercle au centre du titre dont ses yeux ne pouvaient se détacher : « Une auto plonge dans le lac des Deux-Montagnes. » Le texte débutait bien brusquement : « Un jeune homme de dix-neuf ans a perdu la vie hier lorsque la voiture qu'il conduisait s'est enfoncée dans les eaux du lac des Deux-Montagnes. M. Jean Simard avait quitté sa demeure vers huit heures trente pour aller rejoindre des amis... »

Ses yeux ne quittaient pas le titre du journal et lorsque son fils André entra dans la chambre pour venir lui annoncer la terrible nouvelle de la mort de son petit-fils, le vieillard ne l'entendit même pas. André comprit qu'il était arrivé trop tard comme cela se produit parfois. Il mit la main sur l'épaule de son père, mais ce fut celui-ci qui, le premier, prit la parole : « Pourquoi n'est-elle pas venue me chercher, moi, en premier ?... la Gueuse... »

Le silence glissa dans la chambre et seul le bruit d'un journal froissé avec rage se fit entendre. Le vieillard se sentait un peu mal à l'aise, un peu coupable de ne pas être parti le premier. Il regardait le soleil d'automne glisser dans le jaune et le rouge du parc en face de la maison et il ne pouvait être qu'ébloui par la beauté des choses. Une seconde larme coula sur sa joue ridée, mais cette larme lui venait de l'émotion qu'il ressentait en voyant la beauté de la lumière dans les feuilles des arbres. Encore une fois, il eut honte de se sentir vivant alors que son petit-fils ne verrait plus jamais cela, ne sentirait jamais plus la lumière couler dans son cou. Il avait honte d'être encore ému par la beauté du monde alors que la « Gueuse » venait de lui enlever son petit-fils préféré. Des fontaines de lumière glissaient entre les feuilles rouges et venaient se perdre dans le blanc de ses draps. Il était ému et ne put dire pendant quelques minutes, si la mort le touchait plus que la vie. Lui qui s'était parfois surpris à désirer que la mort vienne le chercher une fois pour toutes, désirait en ce moment vivre éternellement, résister jusqu'à la fin des temps à la mort. Il se sentait peu à peu la force de venger son petit-fils.

Lorsqu'il leva la tête, il se rendit compte qu'André était parti. Il le vit peu de temps après monter dans sa voiture et s'éloigner. Il allait sans doute préparer la cérémonie, essayer de trouver la force de faire face à ces trois jours de salon funéraire.

Le vieil homme ne parla pas aux autres de son malheur. Il demeura étendu sur son lit toute la journée. Il voulait passer cette journée en tête à tête avec lui-même, prendre le temps de s'occuper de lui. Ses amis de l'hôpital pourraient sans doute jouer aux cartes sans lui. Il demeura étendu sur son lit à contempler la lumière. Il savait que, lorsque le soir tomberait, il serait totalement ébloui. Lui qui aimait tant la peinture, il regardait le soleil rougeoyer et se souvenait de ce tableau de Klee avec un gros soleil dans le coin gauche. Et encore une fois, il se sentit coupable de se laisser émouvoir par la beauté du jour. Mais c'était plus fort que lui, il éprouvait le besoin de sentir pleinement le jour, de prendre la relève de son petit-fils. Il se mit à rire, comprenant peu à peu que, contre toute logique, il continuerait la lignée pendant encore quelque temps. Il survivrait à son petit-fils. Il vivrait le plus longtemps possible pour montrer à la « Gueuse » qu'elle ne pouvait toujours faire à sa tête.

Il était beau et il faisait rougir la mort, couché dans ses draps blancs.

TANIA

(en hommage à Réjane Sanchagrin)

Je m'appelle Tania. Je suis au centre d'un tableau dont la couleur dominante est le vert. Est-ce là un signe d'espoir ? Je ne sais pas.

Quand les gens me regardent, j'entends toutes sortes de commentaires. Ils pensent parfois que j'ai huit ans, parfois onze ou douze. Quelqu'un a même déjà dit : «Elle a l'air d'une vieille folle.» Je n'ai pas aimé le mot «vieille». Pour ce qui est de la folie...

De mes yeux on parle parfois pour dire qu'ils sont noirs, ronds et fixes. Et qu'ils semblent regarder très loin. On trouve que mes cheveux font penser à ces pensionnaires d'autrefois.

Mais c'est surtout ma bouche qui ne fait pas du tout l'unanimité. Certains pensent que je vais rire et d'autres sont persuadés que je vais pleurer. Et moi, en les écoutant parler, je ne sais plus trop quoi faire. J'hésite entre le rire et les larmes tout en étant sûre qu'il y a au fond relativement peu de différence entre les deux. J'attends qu'on prenne une décision à ma place. Je suis patiente et lucide et j'ai beaucoup de temps devant moi. L'éternité, peut-être...

Je regarde tous ces gens défiler et je me dis qu'ils donnent eux aussi un beau spectacle.

Je m'appelle Tania et je suis au centre d'un tableau dont la couleur dominante est le vert...

ELLE ET LUI

ELLE ET LUI

> «comme les hérons prient dans l'soleil
> j'voudrais dire quelque chose de très doux»
> Michel Garneau

— Elle : Dis, tu me suivras ?

— Lui : ...

— Elle : Réponds-moi, tu me suivras ?

— Lui : Pourquoi es-tu inquiète ?

— Elle : ...

— Lui : Tu poses toujours les mêmes questions depuis deux ans. Tu n'as pas confiance ?...

— Elle : Mais oui... Habituellement, j'ai confiance... Mais cette fois-ci, il faut bien que tu admettes que c'est tout de même un peu différent. J'ai toujours eu confiance en toi...

— Lui : Et cette fois-ci ?

— Elle : Cette fois-ci, j'ai encore confiance, mais j'ai aussi un peu peur. Quand nous partions pour la Gaspésie ou pour un voyage à Ottawa, chez Jean, je ne ressentais pas cette crainte de l'inconnu. Il m'arrivait même de dormir dans la voiture pendant que tu conduisais, la nuit. Tu aimais tant conduire la nuit...

— Lui : A cause de la fraîcheur de la nuit, des routes désertes. J'avais toujours l'impression d'être seul au monde et de me laisser guider par les arbres en bordure de la route...

— Elle : Mais cette fois-ci, par quoi te laisseras-tu guider ? La route sera peut-être sombre et déserte, mais nous serons certains que le jour ne se lèvera point au bout de quelques heures... Et je pense que si je suis à tes côtés, je ne pourrai pas me laisser porter insouciante par le balancement de la voiture. Et tu ne seras sûrement pas là au même moment que moi...

— Lui : Mais si... Mais si... Enfin, presque... Tu n'auras qu'à m'attendre un peu avant de partir définitivement. Tu m'attendras comme tu le fais depuis quarante ans puisque j'ai toujours été un peu plus lent que toi. Tu as l'habitude d'attendre un peu, non ? Hein ?

— Elle : Oui, j'ai l'habitude. Déjà quand tu venais à la maison chez mes parents, je t'attendais parfois plus d'une heure assise sur le balcon, inquiète déjà de ne pas te voir près de moi.

— Lui : Et après avoir cultivé cette habitude d'attendre, tu penses que tu ne seras pas capable de le faire une dernière fois, hein ? J'ai confiance en toi... Avant de te rejoindre, je mettrai ce disque que tu aimes tant, cette musique de Bach interprétée par Marie-Claire Alain et Maurice André. En écoutant cela, tout devient possible, tu le sais bien...

— Elle : Oui... Tout devient possible...

— Lui : ...

— Elle : Tu es sûr que tu vas me suivre, dis ?

— Lui : Oui. Je suis tout à fait certain de cela. Je trouverai bien une quelconque maladie moi aussi... on ne peut m'oublier ainsi indéfiniment...

— Elle : ...

— Lui : Oui. Je te le promets. Tu me crois ?

— Elle : Oui.

— Lui : Ça va mieux ?

— Elle : Oui... Ça va mieux...

— Lui : ...

— Elle : ...

BENOÎT

« Nos solitudes d'enfant nous ont
donné des immensités primitives. »

Gaston Bachelard

Depuis le matin, Lisa lui avait promis de l'emmener au terrain de jeu et depuis ce moment, il n'avait cessé de s'impatienter : « Lisa, quand partons-nous ? », « Lisa, partons-nous bientôt ? », « Lisa... »

Lisa était un peu surprise de voir Benoît aussi impatient. Pour les gens qui le connaissaient, Benoît portait bien son nom avec son air douce-reux. Mais quelqu'un de très perspicace aurait pu remarquer parfois une lueur d'inquiétude qui se laissait deviner dans son regard. Il y avait également à de rares moments, dans ses petits yeux bruns, un soupçon de dégoût pour tout ce qui l'entourait.

Lorsqu'ils partirent enfin pour le terrain de jeu, ils remarquèrent cinq grands oiseaux blancs qui semblaient les suivre. C'est Lisa qui attira l'atten-tion de Benoît sur eux et celui-ci fut ébahi d'admiration. Il lui semblait qu'il n'avait jamais vu une chose aussi belle. Lisa était pour sa part un peu honteuse de ne pas savoir le nom de ces oiseaux si remarquables. Elle parlait de goélands ou de mouettes, mais au fond d'elle-même, elle n'était sûre de rien.

Rendus au terrain de jeu, ils retrouvèrent les cinq grands oiseaux blancs qui semblaient encore plus beaux, encouragés qu'ils étaient par les rires et les cris des enfants. Benoît se dirigea tout de suite vers les balançoires et invita Lisa à lui donner les plus gros «élans» qu'elle pouvait. Jamais Lisa ne l'avait vu dans un tel état. Il criait sans arrêt : «Plus haut, Lisa! Plus haut!» Et Lisa appuyait de toutes ses forces sur la petite planche retenue par deux longues chaînes.

Épuisée de tant d'efforts, Lisa alla finalement s'asseoir. Elle marchait lentement, entendant Benoît qui, derrière elle, continuait à crier, ivre de joie. Elle salua une voisine et se laissa finalement tomber sur un banc.

Lorsqu'elle leva la tête, elle ne vit plus Benoît. Elle n'y comprenait vraiment rien. Il était là dix secondes plus tôt. Et la balançoire qu'il occupait allait et venait, perdant peu à peu de la vitesse. Lisa regarda de tous les côtés, appela à plusieurs reprises. Point de Benoît. Des recherches furent entreprises, mais ce fut en vain. Et c'est plutôt désemparée, qu'après une heure de course folle, Lisa revint près de la balançoire où était assis Benoît lorsqu'elle l'avait perdu de vue.

Elle leva la tête parce que les grands oiseaux blancs étaient toujours là. Elle remarqua que l'un d'eux avait plus de difficulté que les autres à voler. Il arrivait à suivre ses compagnons, mais il se déplaçait de façon moins gracieuse comme s'il avait moins eu l'habitude que les autres de prendre son envol. Il volait comme un débutant. Mais ce qui la frappa le plus, c'est qu'ils n'étaient plus cinq à survoler le parc, mais bien six. Et le moins habile des six semblait prendre plaisir à venir voler près d'elle et à lui jeter d'étranges regards de complicité.

LA JEUNE FILLE
AU CHAPEAU *

---

* Ce texte m'a été inspiré par un tableau de Marie Laberge.

chapeau auréole de paille
la chute brune des boucles
la tête (timidement) inclinée
où voyage cette jeune fille
les yeux dans l'ailleurs ?

*
* *

Avant de venir me placer devant l'unique miroir
de la pièce, j'ai mis sur ma tête le chapeau de paille
de grand-mère Bédard. Ce chapeau a donc
appartenu à « grand-mère-la-folle » comme tout le
monde la surnommait lorsque j'étais plus jeune.
Moi je la trouvais bien parfaite, grand-mère Bédard.
Je l'aimais d'autant plus que c'était à peu près la
seule personne avec qui je pouvais m'amuser

durant de longues journées autour de la maison. On nous criait d'étranges choses lorsque nous passions, elle et moi, devant le petit restaurant du coin de la rue. Mais elle se contentait de sourire, heureuse d'être avec moi, me disais-je. Elle souriait comme je ne suis plus capable de le faire présentement. Elle souriait presque tout le temps et de la voir sourire ainsi, j'en oubliais de pleurer comme j'aurais dû le faire. J'aurais dû pleurer pour vider mon cerveau de toute cette tristesse qui remplit aujourd'hui mon regard. A trop sourire, j'ai oublié de faire place à la peine qui ne pouvait ainsi que s'accumuler patiemment au fond de moi. La patience de la peine n'est pas infinie. Et le cœur ne peut que déborder, une fois passé le printemps de la vie. Et voilà mes yeux tristes qui me regardent dans ce petit miroir de pauvreté. C'est un objet qu'ils ont sûrement oublié d'enlever lorsqu'ils ont décidé de faire disparaître tous les objets fragiles qu'il y avait dans cette pièce. Petit miroir qui ne sert qu'à moi... Jeanne l'a bien dit l'autre jour : « Ne touchez pas au miroir de Marielle ! » Elle l'a répété pendant une journée entière. Elle l'a répété pendant des jours et des jours. « Ne touchez pas au miroir de Marielle ! Ne touchez pas... » Elle le disait encore ce matin. Mais il me suffit de fermer les yeux pour ne plus l'entendre, pour ne plus entendre personne, pour ne plus entendre que le sourire de grand-mère Bédard. Lorsque je mets mon chapeau de paille et que je m'approche à quelques pouces du petit miroir, le monde disparaît derrière mon chapeau et je vis dans la paille. J'ai plein de paille au fond des yeux et je n'entends plus les autres qui crient derrière moi, je n'entends plus que mon souffle qui fait de la buée au centre du miroir. « Ne touchez pas au miroir de Marielle... » Ça devient parfois un refrain très doux. Ça devient parfois un cri d'horreur. Ça devient parfois un mot de passe. «Ne touchez pas au miroir de Marielle...» La salle jaune est-elle maintenant pleine de monde? Je ne le sais pas. Je me roule dans la paille de ma tristesse. Grand-mère-la-folle était plus lucide qu'on voulait bien le penser. Elle jouait. Elle se jouait d'eux. Et je fais comme elle. Je me construis quotidiennement un rôle, celui de Marielle qui devant son miroir se sent bien à l'abri du monde. Marielle n'aime pas la foule. Marielle n'aime pas la société. Marielle ne veut que se contempler dans son miroir. «Mme Bertrand, voyez comme Marielle se trouve belle avec son chapeau de paille usé. Marielle n'est pas sociable. Marielle fait sa fraîche. Elle n'aime qu'elle-même et son maudit chapeau...» Parfois je garde les yeux bien ouverts pour écouter tout ce qui se dit dans mon dos. J'écoute jusqu'à la fin leurs propos de fou. Eux, ils ne jouent pas. ILS SONT FOUS. Ils sont ici parce que les autres le veulent bien. Ce n'est pas comme moi qui suis ici parce que je le veux bien. Je suis lucide, moi. Quand je suis fatiguée de les entendre parler, je me ferme les yeux et tout s'éteint. Ne reste que le silence triste. Lorsque j'ouvre les yeux à nouveau, je vois ma tête auréolée de paille et je souris à grand-mère Bédard. Elle, elle avait réussi à tromper tout le monde y compris son mari qui avait obtenu le divorce, invoquant la folie de sa femme. Quand elle parlait de lui, après son départ, elle en avait long à dire. «Ne touchez pas au miroir de Marielle! Mme Bertrand! Mme Bertrand! Regardez Marielle, Mme Bertrand. Elle fait sa fraîche...» Moi, je la trouvais parfaite, grand-mère Bédard. Je pouvais m'amuser toute la journée. Quand maman partait pour le travail, elle disait à grand-mère Bédard de bien prendre soin de moi. Et elle me disait doucement à l'oreille: n'oublie pas de surveiller grand-mère

Bédard. Il suffisait de laisser passer la journée en douceur... J'ai tellement ri en ce temps-là que je ne peux qu'être triste aujourd'hui, que je ne peux que pencher la tête pour regarder le plus loin possible au fond du miroir de paille... Parfois, il nous arrive de quitter la salle jaune pour voir un peu le soleil et les autres qui passent derrière la grille. Parfois je ferme les yeux aussi dehors pour ne pas entendre le bruit que font les autos et les chiens. Je me dis aussi que grand-mère Bédard passera peut-être devant moi, de l'autre côté de la grille. Alors seulement je sortirai par la grande porte pour aller la rejoindre. Sinon, je ne sors pas. Je me constitue folle, prisonnière. «Regardez, Mme Bertrand, Marielle n'a pas encore enlevé son maudit chapeau de paille usé. Regardez Mme Bertrand... Mme Bertrand... Mme Bertrand...» Avant de venir me placer devant l'unique miroir de la pièce, j'ai mis sur ma tête le chapeau de paille de grand-mère Bédard... Un jour, je passerai de façon définitive de l'autre côté du miroir. Je n'aurai plus besoin de fermer les yeux pour faire taire le monde qui parle dans mon dos. Je plongerai au fond du lit de paille. Je serai devenue une fois pour toutes une fille d'ailleurs. «Avez-vous vu Mme Bertrand comme Marielle est tranquille aujourd'hui? Elle ne nous regarde même plus. Avez-vous vu, Mme Bertrand? Mme Bertrand...» J'ai mis sur ma tête le chapeau de paille de grand-mère Bédard... Au-dessus de ma tête, il y a un ciel de paille et mes yeux n'ont foi qu'en lui...

*
* *

Et maintenant, il ne me reste que ce mur jaune dans lequel mon regard peut tout de même se

54

perdre librement. Depuis que mon petit miroir personnel a disparu, il ne me reste que ce grand mur jaune. Comme dit souvent le vieux Gérard vêtu de blanc : le mur est jaune ; les bananes sont jaunes ; donc, les bananes sont mûres... Il lui arrive de chanter cela pendant quinze ou vingt minutes et tous les fous de la pièce chantent et dansent avec lui et en quelques minutes tout le monde est gai. Même quand je ferme les yeux, il m'arrive de les entendre. « Le mur est jaune... » Au centre du mur, j'ai nettoyé un grand rectangle et c'est maintenant au milieu de ce rectangle de propreté que je me regarde, coiffée de mon chapeau de paille usé. « Avez-vous vu Gérard comme Marielle aime ça être en pénitence face au mur jaune ? Et toujours avec son fameux chapeau. On devrait le lui enlever, le jeter à la poubelle une fois pour toutes... » Mais ils ne peuvent pas savoir tout ce que je vois dans ce rectangle jaune. Ils ne peuvent pas savoir que je discute à cœur de jour avec grand-mère Bédard. Ils ne peuvent pas savoir que les heures des repas et du coucher sont pour moi des moments de déchirement, des petites tragédies parce que je dois alors abandonner grand-mère Bédard, la laisser seule au fond du mur jaune. Je ne peux à ce moment-là que lui dire : je reviendrai, je reviendrai... Depuis que j'ai essayé un bon matin de passer tête première de l'autre côté du miroir, ils ne m'ont laissé que ce mur jaune. Mais c'est mieux que rien. « Gérard, Marielle ne veut pas venir manger... Gérard, Marielle ne veut pas bouger... » Et grand-mère Bédard me raconte ce que nous faisions ensemble durant les grandes journées d'autrefois. Elle me décrit le petit restaurant du coin où nous allions parfois au risque de nous faire dire des choses pas gentilles. Elle me parle de son mari qui l'avait quittée parce qu'il croyait qu'elle était folle. Elle me parle de sa jeunesse difficile qu'elle a passée dans la pauvreté. J'essaie de me fermer les yeux un instant pour ne plus entendre leur refrain de fou, mais leurs rires me rejoignent même dans ma noirceur intime. « Gérard, pourquoi Marielle ne vient-elle pas danser avec nous ? Je pense qu'elle nous déteste... Je pense... Marielle nous déteste ! Marielle nous déteste !... » Ne pleurez pas, grand-mère Bédard, ces cris ne me touchent pas. Je ne suis qu'avec vous. Je suis là pour toujours. Même sans miroir, je vois mon auréole de paille et je sais que vous vivez dans mes cheveux bouclés. Je sens même vos mains sur le bleu de ma robe et je retrouve la paix de jadis. Avant de venir m'asseoir devant ce rectangle jaune de propreté, je mets toujours sur ma tête votre chapeau de paille, grand-mère Bédard...

*
* *

« Marielle nous déteste ! Marielle nous déteste ! Marielle... » Ils m'ont même enlevé votre chapeau, grand-mère Bédard. Ils m'ont même enlevé mon rectangle jaune de propreté. Mais en vérité, ils ne m'ont rien enlevé du tout puisque je suis toujours avec vous et que vous êtes toujours près de moi, autour de moi et en moi. Je n'ai plus mes accessoires de théâtre, mais nous pouvons tout de même continuer à jouer... « Marielle nous déteste ! Marielle nous déteste ! Marielle a perdu son chapeau usé emporté par le vent par-dessus la grille. Marielle... Marielle... » Lorsque je lève la main pour caresser mes boucles brunes, j'ai l'impression que mes cheveux sont vieux comme les vôtres, grand-mère Bédard. Et lorsque je touche mes cuisses, je trouve qu'elles ont l'air fatiguées comme

56

vos vieilles jambes d'autrefois. Bientôt, je suis persuadée que j'aurai votre voix et votre sourire. Quand je passerai au coin de la rue, près du petit restaurant, je les entendrai me dire des choses bêtes et je leur ferai le plus beau sourire de la journée. Et si mon vieux mari me dispute, je ne m'en ferai plus. Je serai persuadée qu'il partira sous peu. « Marielle ! Marielle ! Marielle !... » Quand elle sera partie pour son travail, nous nous surveillerons mutuellement et rien ne pourra nous arriver puisque nous veillerons l'une sur l'autre. Nous aurons soin l'une de l'autre. Je suis certaine que si je me regardais dans mon petit miroir personnel, je verrais mes boucles blanchies et mes yeux fatigués. Mais mains seraient ridées et mon dos tout voûté... « Marielle ! Marielle ! Marielle !... » Non, Marielle n'existe plus. Elle est partie au vent avec son chapeau. Elle a été emportée de l'autre côté de la grille en même temps que son vieux chapeau usé. Ils peuvent maintenant crier dans mon dos leur chanson de fou. Ils peuvent crier derrière moi toute la journée sans arrêt. Marielle n'existe plus. Ils ne le savent pas, mais ils parlent maintenant à une vieille femme qui ne vit que pour sa petite-fille préférée. Je suis Léonie Bédard ! Je suis Léonie Bédard ! Je suis Léonie Bédard pour l'éternité...

*
* *

chapeau auréole de paille
le temps n'existe plus
et nous voyageons dans le vent...
c'est un secret bien gardé...

LA BAIGNOIRE

Depuis plus de vingt minutes, il est étendu dans la baignoire. Il sent l'eau devenue tiède l'envelopper doucement. Lorsqu'il bouge une jambe, l'eau tiède coule le long de sa cuisse et s'il lève un bras, c'est sur sa poitrine et son ventre qu'il sent l'eau glisser.

Prendre un bain est une activité de laisser-aller total et il aime bien se laisser aller comme cela au gré des secondes qui passent sans autre souci que de les laisser passer.

Les rideaux sont légèrement entrouverts et il voit que le jour est sombre et que le soleil a totalement disparu. Le vent d'automne a tout balayé la lumière. A moins que ce ne soit tout simplement le temps qui a passé plus vite que prévu. Le temps qui joue des tours à tout le monde, qui s'amuse facilement de tous ceux qui prennent un bain par une fin de journée sombre qui ressemble à la nuit.

Et tout à coup, crac ! C'est la panne et c'est le presque noir qui envahit la baignoire. Et l'eau continue de glisser le long du corps. Et l'eau mouille la poitrine chaque fois qu'il essaie de soulever la tête pour regarder si la panne est généralisée, si toute la maison est plongée dans le noir ou s'il s'agit tout simplement de l'ampoule de la salle de bains qui est grillée.

Et le temps passe et les minutes se changent en heures. Il a l'impression que plus jamais il ne pourra sortir de ce bain qui lui fait parfois penser à un cercueil tout blanc, parfois à un lit d'enfant qui n'est pas encore habité.

L'eau est toujours tiède comme si elle ne pouvait vraiment devenir froide. Elle conserve sa tiédeur d'eau de bain. Elle conserve sa tiédeur d'eau de vie. Mais une eau de vie un peu incertaine, une eau de vie qui a tout de même en apparence le souffle un peu court.

Il s'est assis deux secondes pour se recoucher aussitôt, la position assise faisant sentir de façon plus vive le froid et le noir qui ont envahi la salle de bains. Et lorsqu'il jette un coup d'œil vers la fenêtre, il ne voit que du sombre par les rideaux entrou- verts. Autrement dit, il ne voit presque rien. Il croit parfois voir quelque chose, mais il se dit avec raison que ce n'est qu'une illusion d'optique et que la nuit a décidément envahi le monde extérieur et non seulement la salle de bains.

Il lève la jambe gauche le plus haut possible et il ne perçoit devant lui qu'une masse blanchâtre, comme un mât sur le point de tomber. Et il sent l'eau couler le long de sa jambe, entre les poils nombreux qui ne peuvent malgré tout réchauffer son corps dans le noir.

62

Si on lui demandait s'il se sent bien ou mal, il aurait de la difficulté à répondre. Il serait embêté de dire s'il veut rester là ou sortir de ce bain tiède et presque sans vie. Il serait même fort embêté de dire s'il est heureux ou malheureux. Il pense qu'il suffirait bien entendu de tirer la chaînette pour que le petit bouchon projeté en l'air laisse l'eau s'enfuir à jamais, mais il n'a même pas le goût de faire cela. Il se souvient de cette image de son petit catéchisme, de cette chose qu'on appelait les « limbes » et il sourit. Il n'est pas heureux. Il n'est pas malheureux. Il est couché dans sa baignoire.

L'eau est toujours tiède et il n'a pas vraiment froid même s'il est maintenant là depuis quelques heures. La lumière n'est toujours pas revenue et la salle de bains est toujours plongée dans le noir le plus parfait. C'est une nuit sans lune.

Et lui, dans sa baignoire, sent tout à coup le besoin de se ramasser sur lui-même, de se recroqueviller, de se retrouver concentré sur lui-même. Cela lui est venu machinalement un peu comme on se gratte la tête sans trop savoir pourquoi. Et le fait de prendre cette position oubliée lui procure peu à peu une impression de bien-être. Si on lui demandait présentement s'il se sent bien, il répondrait probablement par l'affirmative. Il ne saurait dire pourquoi. Il ne saurait expliquer pourquoi ce sentiment de bien-être s'est tout à coup installé en lui. Il ne voudrait même pas essayer de donner une interprétation personnelle. Il ne voudrait surtout pas essayer de fournir des précisions sur son état du moment. Il ne veut rien dire. Il ne veut rien savoir de précis. Il ne veut qu'être là.

Et c'est dans cette position que plus tard on le retrouvera, recroquevillé, un sourire au coin des lèvres. Il baignera dans l'eau tiède et le savon qui flottera à ses côtés embaumera la pièce de son odeur de printemps mis en boîte. On parlera d'un homme trouvé dans sa baignoire.

ET IL Y EUT ENFIN DE VÉRITABLES CAS D'ILOTISME

Des gens avaient essayé, quelques jours avant notre départ, de nous prévenir du sort qui nous attendait au bout de notre voyage tout autour de cette montagne dont le principal sentier, soit dit en passant, serpentait entre des précipices et d'anciennes fosses aux lions (car il y avait jadis des lions dans la forêt entourant cette montagne dite « de l'incertitude »). Des gens avaient essayé de nous prévenir et avaient même réussi. Mais une force mystérieuse nous poussait tout de même à déplier continuellement notre carte géographique multicolore pour vérifier le chemin, pour prendre le pouls de ce sein géant autour duquel nous gravitions depuis plusieurs semaines sans même entrevoir au dernier horizon, l'ombre de l'unique village qui était notre objectif. Les gens qui avaient essayé de nous convaincre d'abandonner ce voyage fou étaient des nomades sans troupeau qui s'amusaient à jouer les bergers par hérédité ou par nostalgie.

Durant ces longues journées de marche, la conversation devenait notre seule occupation humaine. Il s'agissait d'échanger quelques mots ou quelques sons (ce qui était de plus en plus similaire à mesure que notre provision d'eau distillée diminuait), quelques sons dont la résonnance était parfois musicale et d'autres fois inquiétante. Je me souviens de façon toute spéciale d'une discussion qui eut lieu la dix-huitième journée et qui s'avéra tout à fait exceptionnelle. Je ne pourrai vraisemblablement pas la reconstituer dans son entier à cause de sa longueur et de sa densité.

Le premier qui prit la parole : « Maudit ! Je ne sais pas ce qui se produira lorsque nous aurons trouvé ce que nous cherchons et qui »

Le deuxième qui prit la : « En effet, la formule s'avère très fructu »

Le troisième qui : « Les arbres sont tout à fait verts par i »

Le quatrième : « Car il y avait b »

Le... : « J'oserais vou »

Le... : « Le »

Ce fut sans doute là un de nos meilleurs dialogues. Peut-être en avons-nous eu d'autres par la suite qui furent aussi fructueux, mais je dois les avoir oubliés, les avoir laissés en chemin, car je ne saurais pour l'instant me les faire revenir à la bouche. Du moins, je ne crois pas... Et comme disait ce coquin de Jacques : « Si cela était écrit là-haut... »

Les choses commencèrent à se gâter pour nous durant le premier automne de notre voyage. A cette hauteur dans la montagne, bien qu'il n'y eût pas de neige, la route devenait de plus en plus

68

impraticable. C'était d'autant plus difficile à expliquer, qu'à première vue il n'y paraissait rien. Nous nous sommes finalement rendu compte de ce qui se passait lorsque l'un de nous (le Troisième du dialogue de tantôt), décida de se pencher pour y voir de plus près. Il n'y vit rien, mais sa conduite nous éclaira tout de même beaucoup. Il ne put jamais se relever tout seul. Il se sentait cloué au sol, crucifié par les mains et les genoux et même par le nez qu'il avait très long. Il fut au début question de le traîner, de le soutenir. Mais nous résolûmes de le laisser par terre, ayant besoin de toutes nos forces pour projeter vers l'avant nos pieds un à un. Le Troisième (puisque ce sera son nom) commença à avancer lentement comme un jeune enfant qui se déplace péniblement sous l'œil à la fois inquiet et fier de ses parents, combattant le happement du sol tant bien que mal, nous avertissant lorsqu'il voyait des pièges particulièrement traîtres. Puis le Troisième perdit peu à peu du terrain. Il marchait ainsi toute la nuit pour pouvoir nous rejoindre au petit matin. A son arrivée, nous étions habituellement prêts à repartir. Il «faisait le convoi» pendant quelques minutes et nous le perdions bientôt jusqu'au lendemain matin.

Si je vous ai expliqué ce cas (car nous avons affaire ici à de véritables cas d'îlotisme) de façon détaillée, ce n'est que pour vous donner un exemple des difficultés que comportait ce voyage fou. Le second interlocuteur (en vous référant toujours au même dialogue) a éprouvé des difficultés beaucoup plus insurmontables. Des difficultés qui ne se racontent pas.

La chanson-thème de notre voyage parlait de force, d'azur je crois. Les mots se transformèrent peu à peu et furent bousculés par des confrères ennemis et, sans que nous puissions intervenir de quelque façon que ce soit, des expressions aussi angoissantes que «le mal de terre», «vive les boiteux sans béquilles!», et «maudit de maudit!» se glissèrent dans notre langue de chaque jour. Nos monologues intérieurs en furent remplis. La maladie de l'inquiétude, le mal de vision et le déhanchement de l'âme aidant, ce langage fut justifié en l'espace d'une saison tout au plus.

Et tout à coup je me souviens d'un autre détail précis à propos de nos discussions... Quelqu'un du groupe me remit un jour une conversation qu'il disait avoir recueillie la veille. Cela me fit plaisir car j'avais pour ma part déjà tout oublié de cet échange de (comment dire?...) ...de choses qui devaient originairement être des mots.

1- «El $%&' gref par dim tours»

2- «Garou, grouf, chtf»

1- «Certainement.»

Ce qui m'inquiétait le plus, c'était la dernière réplique. J'étais le numéro 1 et je ne voyais pas du tout comment le mot «certainement» avait pu alors me venir à l'esprit.

Nous avancions toujours. Nous durant le jour; le Troisième, de jour et de nuit. L'hiver était arrivé et avec lui la neige et le vent glacial.

La nuit, il n'y avait pas de problème. Cependant, dès le lever du soleil, la neige nous repoussait avec force. Il nous fallait alors nous tenir tous ensemble pour empêcher la neige de nous projeter dans les nuages ou tout au moins dans les arbres. Peut-être était-ce simplement l'attirance du ciel hivernal?

Cette hypothèse ne me satisfait pas tout à fait. En ce qui concerne le Troisième, la dernière fois que nous l'avons vu, il ne comprenait rien à notre situation d'hommes rejetés par le sol. Il était toujours pour sa part, happé par ce même sol et la marche à quatre pattes ne lui réussissait guère. Son visage était disparu sous une épaisse couche de feuilles vertes à rayures rouges. Je pensais alors dire que le Troisième portait les feuilles après avoir porté la barbe, mais je ne réussis pas à faire entendre cela. Et la plaisanterie aurait sans doute été de mauvais goût...

A partir de ce moment-là, seule compte ma propre aventure intérieure qui fut sans doute (peut-être...) semblable à celle que vécurent les autres membres de l'expédition. Nous marchions toujours autour du mamelon de la montagne en faisant des efforts surhumains pour rester près du sol. Le monde dans lequel je me mis à vivre ne peut que difficilement être décrit puisque pour nommer les choses, il faut les avoir baptisées un jour et les éléments de mon aventure intérieure n'ont jamais vécu assez longtemps pour avoir l'honneur de recevoir sur la tête la goutte qui se plaît à tout définir.

Il s'agissait surtout d'un monde de couleurs. Les rouges succédaient aux verts en moins de temps qu'il en faut pour ouvrir les yeux. Les tableaux se succédaient à un rythme endiablé. On aurait cru qu'ils dansaient de toutes leurs oreilles folles de sons sur l'Afro Blue de Coltrane. Parfois il y avait des moments de langueur, de nostalgie et ça faisait plutôt penser à Keith Jarrett. Mais tout semblait parti pour la vie et pour la mort. Le mouvement perpétuel venait de se déclencher quelque part sans prévenir au moment où je pensais au Troisième qui se traînait derrière nous à travers ces tableaux musicaux qu'il ne voyait pas puisqu'ils m'étaient destinés.

Comment sommes-nous revenus de tout cela? Pourquoi sommes-nous revenus de tout cela? Je ne sais pas. Il m'arrive parfois d'aller visiter les musées ou d'écouter un disque ou deux.

LE VEILLEUR

C'était un enfant au regard fixe. Quel âge avait-il? Était-il très jeune? Nul ne pouvait le dire de façon certaine.

Souvent, le matin, il allait s'asseoir dans le parc et regardait les autres enfants jouer dans le sable. Il lui arrivait bien de temps à autre de s'approcher du petit groupe des moins de cinq ans. Mais cela ne durait pas. Aussitôt qu'il avait constaté ce qu'ils faisaient dans le sable, il s'éloignait lentement en regardant le sol devant lui. Il s'assoyait à nouveau et restait là. Il semblait attendre quelque chose, mais dire cela relève déjà du domaine de l'hypothèse.

Une ou deux fois par jour, un adulte s'appro-chait de lui et lui posait la main sur la tête. Les yeux de l'enfant ne subissaient aucune transformation. Il continuait à regarder droit devant lui comme si de rien n'était. L'adulte ne sachant que faire, troublé, s'éloignait habituellement sur la pointe des pieds.

Quand le soir arrivait, on pouvait le voir se lever lentement et quitter le parc à petits pas. Il ne courait jamais, ne bousculait pas les autres et ceux-ci semblaient le respecter, accepter sa façon d'être. Les autres enfants ne le dérangeaient jamais. S'il lui arrivait par hasard de marcher aux côtés d'une fillette ou d'un garçonnet, ils formaient un étrange couple. Ils allaient sans se parler comme ceux qui n'ont en apparence rien à se dire. Mais la plupart du temps, il allait seul.

S'il s'absentait pour quelques jours du terrain de jeu, lorsqu'il revenait, les autres se rendaient bien compte qu'il était là et le regardaient quelques secondes, peut-être pour voir s'il ne s'était pas transformé. Ils le regardaient aussi parce que sa présence les rassurait. Quand il était là, ils étaient certains qu'il y avait quelque chose de stable autour d'eux. Ils avaient un point de repère et ils pouvaient oublier le monde et se dire qu'un regard veillait pour eux sur la réalité.

C'était un enfant au regard fixe.

UNE LETTRE DE LA VOISINE D'EN HAUT

Cher Paul,

J'ose vous écrire parce que depuis notre conversation en ce beau samedi plein de soleil, j'éprouve le besoin de parler. Vous m'avez en quelque sorte redonné le goût de la parole et comme je ne veux pas aller vous déranger à nouveau, j'ai pensé à vous écrire. Je sais votre nom car, il y a trois jours, le facteur a laissé dans ma boîte à lettres une enveloppe qui vous était destinée. En sortant de chez vous l'autre jour, je me suis rendu compte que nous ne nous étions pas présentés l'un à l'autre. Chose étrange, cela ne m'était même pas venu à l'esprit durant notre conversation... Je me nomme Jeanne. Comme ma grand-mère qui était d'ailleurs ma marraine et ma meilleure amie.

Je vous écris parce que j'ai le goût de m'adresser à quelqu'un, mais aussi parce que je veux que vous sachiez qu'il y a quelqu'un qui pense à vous tous les jours. Je ne sais pas si cela vous fera du bien, mais moi ça me fait du bien de vous le dire.

Ça me fait du bien de savoir que vous le savez. Ça donne presque un sens à ma vie qui s'étire dans la solitude la plus totale.

L'autre soir — je devrais plutôt dire l'autre nuit — lorsque l'annonceur de Radio-Canada a dit « je vous souhaite bonne nuit », je me suis surprise à lui répondre : « Je vous souhaite à vous aussi une bonne nuit et faites de beaux rêves... » A vivre seule, j'en suis venue à parler parfois aux passants dans la rue même si je suis certaine qu'ils ne me répondront pas puisqu'ils n'ont même pas conscience qu'une vieille folle leur adresse la parole. Quand je suis allée vous voir, je parlais toute seule et à haute voix depuis trois jours. C'est ce qui m'a décidée à aller frapper à votre porte, à aller vous déranger durant quelques heures. Après, j'en ai eu pour des jours à repenser à tout ce que nous nous étions dit et à tout ce que nous ne nous étions pas dit.

Je vous disais l'autre jour que votre conduite m'inquiétait car vous me faisiez penser à mon fils. Mon fils, je ne le vois plus souvent. Au début, on le laissait sortir une fois par semaine. Maintenant ils n'osent plus prendre la chance de lui donner un congé de quelques heures. La dernière fois, il a fait des choses, en pleine rue. Une femme voulait même nous intenter un procès... Il est peut-être hospitalisé pour toujours. Mais si je trouve que vous lui ressemblez, ce n'est surtout pas parce que je pense que vous pouvez faire des choses en pleine rue. Non. C'est surtout à cause de ce qui s'est passé avant qu'il ait ses crises de folie. Avant, il a vécu un peu comme vous, seul pendant deux ans dans sa chambre sombre. Quand je lui disais de sortir un peu, d'aller voir du monde, des amis, il me répondait qu'il avait besoin de réfléchir, de faire le point sur sa vie, de faire son bilan personnel.

Lorsqu'il a perdu son emploi, son attitude a commencé à m'effrayer. Un jour il a quitté la maison et le lendemain on m'a téléphoné pour me dire : « Votre fils est venu à l'hôpital pour se constituer "fou volontaire". C'est ce qu'il nous a dit en arrivant. Nous le garderons quelques jours pour lui faire passer des examens... » Par la suite, je l'ai revu à trois reprises, mais je sentais bien lors de ses visites qu'il m'avait quittée déjà pour le monde d'ailleurs et j'avais raison. C'est pour cela que je suis seule maintenant, mais ce n'est pas très grave, l'échéance approche sûrement à grands pas.

Je m'inquiète surtout pour vous. Je sentais l'autre jour que vous étiez un peu dans la position de mon fils lorsqu'il faisait son bilan. Vous m'inquiétez et pourtant j'ai confiance tout de même en vous. Je vous écoutais parler et je me disais que votre bilan pourrait déboucher sur quelque chose de positif. Par exemple, vous avez tout ce qu'il faut pour écrire : le silence, la solitude... Vous semblez aussi très patient, du moins avec moi. Je parle de tout cela parce que la semaine dernière, j'ai entendu quelqu'un dire à la télévision (j'ai parfois l'impression d'avoir appris tout ce que je sais en regardant la télévision ; c'est peut-être pour cela que je ne comprends pas très bien pourquoi certains spécialistes parlent de l'influence « néfaste » de la télévision sur les jeunes...) donc j'ai entendu quelqu'un dire à la télévision qu'un écrivain allemand avait probablement échappé à la folie en écrivant de la poésie. Il disait qu'il avait su utiliser les éléments de son monde intérieur pour écrire de la poésie. Il parlait de transposition, de libération, de guérison personnelle, etc. Je m'exprime mal, je le sens bien, mais vous voyez sans doute ce que je veux dire. Au fond, c'est une suggestion que je vous fais. Je me mêle de ce qui ne me regarde pas. Mais comme rien ne me regarde plus, il faut tout de même que je parle de quelque chose. Je n'ai que mon intuition de vieille femme et peu de mots à ma disposition.

Je n'ai pas parlé comme ça depuis longtemps. Je vous remercie encore pour notre conversation de l'autre jour.

Jeanne, votre voisine d'en haut.

N.B. Je vous écrirai peut-être encore, mais vous n'êtes pas tenu de me répondre. Surtout si vous commencez à écrire... Vous aurez alors une occupation plus sérieuse...

UN TABLEAU

C'était un beau tableau. Elle le regardait avec plaisir, parfois avec jouissance. Elle l'avait déjà regardé avec surprise. Il s'était peu à peu tissé des liens d'intimité, de compréhension entre elle et ce tableau.

Ce n'était pas un grand tableau. Si on le regardait de loin, il paraissait plus large que haut. La tache rouge, en bas à gauche, pouvait se mettre à ressembler à une maison de campagne, avec des volets, trois lucarnes, deux portes mais pas de toit. Les lucarnes pouvaient ainsi avoir l'air d'être suspendues dans le ciel, sembler flotter au vent. La fumée qui s'échappait alors du toit absent ne paraissait pas chaude du tout, mais plutôt froide et agressive. Elle avait d'ailleurs tendance à disparaître bien rapidement, trop rapidement pour que l'odeur puisse prendre corps.

Mais plus on s'approchait du tableau, plus il pouvait se transformer. La tache rouge se mettait à jaunir et les lucarnes devenaient des oiseaux volant au-dessus du soleil en direction nord-ouest. Plus on s'approchait, plus le tableau avait tendance à s'étirer dans le sens de la hauteur. Il faut ajouter que l'illusion d'optique (dont certains parlaient) ne jouait pas pour tous de la même façon. Comme si le tableau avait voulu créer des liens particuliers, des liens privilégiés avec chacun des visiteurs. C'est ainsi qu'une dame d'âge mûr qui vint rendre visite à la propriétaire de ce tableau, lui dit que les oiseaux étaient déjà complètement disparus et que la maison se tenait penchée comme un vieillard.

Mais pour elle qui habitait là depuis longtemps, depuis sa naissance, pour elle qui était presque centenaire, le tableau n'avait plus de surprise même si elle le regardait parfois avec plaisir, parfois avec jouissance. Pour elle, de près ou de loin, il n'y avait plus ni maison, ni oiseaux, ni lucarnes. Il ne restait plus que de grandes étendues blanches où son regard se perdait avec bonheur.

LE FOSSOYEUR

Je me décide enfin à écrire ce que je pense. Ne trouvant personne pour m'écouter, j'ai décidé d'étaler mon insatisfaction sur du beau papier blanc. Je pourrais peut-être écrire à l'A.F.R. (Association des Fossoyeurs recommandés) mais je ne crois pas en l'efficacité d'un tel geste. J'écris enfin ce que je pense. Je pourrai ainsi me lire ma colère à moi-même puisque personne ne veut m'écouter lorsque je commence à raconter comment j'en suis venu à vivre au centre de mon cimetière.

Il faut d'abord préciser que je suis fossoyeur. L'unique et le seul fossoyeur du village. Gérard Latreille, fossoyeur. Petite ville ou gros village?... Ça n'a pas beaucoup d'importance. Ce qui compte pour l'instant, c'est que me v'là entouré de petites croix blanches, presque enterré parmi mes morts.

La première fois que je me suis plaint au curé, il s'est contenté de rire de moi et d'me dire que l'bon Dieu arrangerait tout, que j'avais une idée folle, que cela ne pouvait se produire, que la mort n'était pas aussi productive que ses pommiers adorés. Moi, mon idée, c'était que je me retrouverais bientôt entouré comme je le suis présentement, cerné par la mort. J'avais raison. Je voyais ça venir. Une croix en attire une autre...

Le premier gros « boum » a été donné par la famille Marcoux. Pensez-donc, six en l'espace d'un mois. Quatre sont morts lors de l'incendie de leur maison et deux ont été emportés par une maladie mystérieuse. Ça vous déplume une famille, c'est pas long. La mort n'est pas productive, disait le curé. On peut maintenant en douter.

Durant cette période, j'étais à vrai dire presque heureux. Pas à cause du malheur des Marcoux, mais à cause de mon travail. Six belles fosses à creuser en l'espace de trois mois. J'en avais eu quelques autres durant la même période. Ça faisait bien une bonne dizaine en tout. Sans compter les deux chiens du docteur enterrés un samedi matin. Depuis plusieurs mois, j'm'ennuyais à rien faire. Mon grand-père était sûrement plus occupé que moi. Il ne devait pas chômer souvent. A cause des grandes épidémies. Parlons-en des épidémies... L'affaire des Marcoux, ce n'était pas trop grave. Après l'incendie de leur maison, j'en ai eu pour une petite semaine à nettoyer mes instruments, à être occupé, presque heureux.

A ce moment-là, j'étais encore à la lisière du cimetière. Quelqu'un qui passait vite en auto pouvait presque penser que ma maison était une maison ordinaire avec cependant un peu plus grand de terrain à l'arrière. Les monuments sont rares dans mon cimetière. On a surtout des croix de bois. Un beau domaine, devait se dire le voyageur de nuit qui ne voyait pas les petites croix blanches. Maintenant, ce n'est plus pareil du tout.

Après les Marcoux, ce fut le tour des Dubreuil : le mari, la femme, le chat. Tout ça en l'espace de deux semaines. Trois, ou plutôt deux autres croix. Même là, cependant, ce n'était rien. Un peu d'exercice...

Les véritables difficultés sont venues avec la fameuse fièvre d'automne qui s'est attaquée à tout le monde. Chaque jour, je voyais passer monsieur le curé. Au début, il avait l'air heureux lui aussi de travailler un peu. Ça l'occupait. Il avait bonne mine. Puis, il commença à trouver le travail fatigant. Il passait son temps à courir les malades à travers tout le village quand ce n'était pas dans les rangs éloignés. Le matin, les services funèbres ; l'après-midi, les malades.

Comme le travail augmentait, j'en vins à me faire une feuille de route. Je commençais donc à travailler le matin le plus loin possible de ma maison et le soir, j'enterrais mon dernier mort tout près de chez moi. Je fus cependant bientôt obligé de travailler le soir, à la lanterne. C'est moins intéressant, plus fatigant. A cause de la grosse noirceur qui vous pèse dans le dos et derrière la nuque. Et ce n'est sûrement pas bon pour un homme de mon âge.

Cela se poursuivit durant plus de dix semaines. Comme le cimetière n'est pas très grand, il fut rempli rapidement. Bondé de morts. Le curé me conseilla alors de « m'étendre sur les côtés ». Cela voulait dire : agrandir le cimetière en me servant du terrain de chaque côté de ma maison. Le curé me dit : « Vous serez tout près de votre travail... » C'était là un argument de taille. Il n'était cependant pas sans me faire réfléchir. Et après ? Où les mettrions-nous, les morts ? J'ai essayé à plusieurs reprises d'en parler aux conseillers du village, mais ils étaient tous malades ou déjà morts. Pour ce qui est du maire, il est enterré à quinze pieds de ma maison.

Je voyais monsieur le curé chaque matin, mais il disait tellement de prières en latin qu'il en était venu à me répondre dans cette langue morte. Je compris peu à peu malgré les réponses obscures de l'homme d'Église. Il me fallait enterrer les derniers arrivés dans mon parterre, devant ma maison. Il va sans dire que cela n'a pas été sans causer certaines difficultés. Par exemple, depuis ce temps je n'ai plus d'eau courante.

Et ce matin j'ai essayé de faire le point. Des centaines de morts enterrés derrière ma maison, vingt-deux de chaque côté et seize devant. Sombre bilan. Me voilà encerclé et sans travail. Nous avons encore une dizaine de morts par jour mais je ne sais plus où les mettre. On m'a proposé de faire une fosse commune dans mon sous-sol, mais j'essaie pour l'instant d'écarter cette possibilité.

Il se pourrait pour ma part que je n'aie pas à me creuser la tête bien longtemps encore. Depuis ce matin, je ressens d'étranges douleurs dans les bras et les jambes. Ma peau est devenue jaunâtre et je n'ose plus me regarder dans le miroir. Je crois que je commence à avoir peur. Serait-ce là mon testament? De toute façon, mon sous-sol ne deviendra jamais une fosse commune. Je vais faire indiquer cela dans mon testament. Il faut que je passe tout de suite chez le notaire. Mais j'oubliais, le notaire, il est mort lui aussi. Je pense que nous sommes fichus...

UNE PAGE BLANCHE
(COMME DU LAIT)

Le crayon lui glissa des doigts. Il se pencha pour le ramasser afin d'attaquer la page blanche qui était devant lui depuis bientôt une heure. Ses doigts se mirent à trembler, à frémir (d'horreur ou de joie?) en touchant à nouveau le stylo. Puis, le calme revint et le premier mot apparut enfin sur la page. C'était un mot bizarre. Un mot plutôt long. Neuf lettres bien tassées. Des lettres rondes et d'autres pointues. Un mot sans harmonie. Mais un mot tout de même en chair et en os. Il leva son stylo et constata qu'un mince filet rouge reliait le stylo au papier. Il le tenait à environ deux pieds de la page et le mince filet se balançait comme une corde au vent. Il tenta de briser le filet, mais ne réussit qu'à l'allonger de quinze ou vingt pouces. Il posa de nouveau le stylo sur la table et le filet disparut.

Il reprit le stylo et un second mot fit son apparition. Un mot semblable au premier, mais différent par le ton et le rythme. Un mot plus sensuel, plus rond. Puis il vit soudainement sa main se mettre à écrire sans que son cerveau ne fasse aucun effort. Les mots se greffaient les uns aux autres pour former de longues phrases comme il n'avait jamais été capable d'en écrire auparavant. En moins de dix minutes, la page blanche était rouge d'encre. Il n'osait plus bouger, il n'osait plus essayer de couper ce cordon ombilical rouge qui le reliait à son texte. Il sentait les mots vivre devant lui, il les voyait échanger des significations multiples sans pouvoir dominer la situation. L'état de panique n'était pas encore atteint mais tout à fait à craindre. Ne pas s'affoler, ne pas s'affoler, se répétait-il.

Alors, il se souvint de sa main gauche qui était pour l'instant paralysée, mais qui était, il le savait bien, une vieille sournoise. Il savait qu'il fallait s'en méfier, il savait qu'il fallait l'avoir à l'œil, ne jamais la perdre de vue. Il savait que la main gauche avait fait d'étranges choses dans le passé et que devant une situation aussi bizarre, elle serait peut-être tentée de poser des gestes définitifs. Il essayait de retenir sa main gauche en y mettant toute l'énergie dont il disposait. Il tentait de la figer sur place, de la paralyser une fois pour toutes, de la tuer. Peu à peu cependant, il sentait bien que sa volonté n'y pouvait rien. La maudite main gauche se leva péniblement et s'abattit sur la page jadis blanche. Le stylo ne bougea plus. L'homme se sentit bientôt soulevé par une force mystérieuse et lancé contre le mur de bois.

Il était étendu par terre. Un mince filet rouge coulait de ses yeux à peine ouverts. Sur la table, un verre de lait à moitié vide attendait patiemment. Un

96

enfant entra dans la pièce en chantant. Il but le lait qui restait. Il s'empara du stylo à l'encre rouge et se mit à faire d'étranges dessins. Lorsque l'homme étendu par terre se réveillerait, il les lui offrirait en cadeau.

LE JEU
(suite et fin)

On le vit passer plusieurs fois cette journée-là et on ne l'aurait probablement pas reconnu s'il n'avait porté ses vieux vêtements de mendiant.

On le vit passer et repasser, l'œil hagard, la mine défaite. Il ne riait plus du tout. Son œil effarouché jetait des regards de désespoir à gauche et à droite. Non, il n'avait plus du tout son sens de l'humour légendaire.

Il ne trouvait plus drôles du tout les frasques de ce mauvais œil qui s'amusait à sauter hors de son orbite et qui était maintenant disparu depuis trois jours. Il n'était plus question de jouer. Il en avait par-dessus la tête de ces recherches à travers toute la ville pour retrouver ce mauvais plaisant, cet œil moqueur et prétentieux.

La dernière fois qu'on le vit, il avait l'air d'un vrai fou. Il essayait de courir et cela lui donnait l'air d'un pantin. Pensez donc, à son âge...

Pendant les jours qui suivirent, on put lire dans le journal du matin, à la rubrique des objets perdus :

« *Un œil moqueur a été perdu. Récompense promise à quiconque rapportera ce mauvais plaisant à son propriétaire.* »

Puis, plus rien du tout.

LA CONFRONTATION

J'étais tout près de lui, mais il ne semblait pas encore m'avoir remarqué. Je fis un pas de plus en sachant très bien que si je continuais à avancer, il se retournerait, me regarderait et me reconnaîtrait sans doute. Mais c'était comme si ce pas de plus avait été fait par un autre, en d'autres circonstances. Je m'arrêtai tout à coup en essayant de deviner ce qu'il regardait au loin. Peut-être un navire ou un nageur... Je me mis à scruter la mer, mais ne vis rien. Il regardait le ciel se confondre avec la mer. Sans plus. Il regardait la mer comme s'il avait été distrait, sans broncher, les mains derrière le dos. Soudain il tourna la tête et je compris qu'il m'avait senti venir depuis un bon moment.

L'homme était grand et sans doute fort. Même s'il était bien mis, il donnait l'impression de quelqu'un qui avait déjà travaillé quinze heures par jour, travaillé jusqu'à l'épuisement. Il avait les traits marqués par le travail et même son costume ne pouvait faire oublier cela. Il était malgré tout élégant.

Mais je vis surtout son regard, ses yeux gris un peu fatigués. Lorsque je détachais une seconde mes yeux de son regard en penchant la tête, j'avais le soleil en pleine figure et cela m'était insupportable. Il me regardait avec dans les yeux un mélange de haine et de pitié. Et malgré sa robustesse, ce qu'il laissait le plus deviner dans son regard, c'était une note d'impuissance qui me mettait mal à l'aise. C'est ainsi que j'hésitais entre les rayons aveuglants du soleil et ses yeux gris et tristes de trop de rage inexprimée.

Je sentis que l'homme voulait m'adresser la parole. Ses lèvres firent un effort quasi inhumain pour s'entrouvrir à plusieurs reprises, mais il se contenta finalement d'avaler péniblement. Et son regard se fit de plus en plus vide. Même s'il continuait à me regarder, je sentais qu'il avait déjà abandonné la partie, que toute sa haine et toute sa révolte amassées depuis plusieurs mois allaient fondre à son grand regret. Je regardais un homme vaincu. Mais il n'en continuait pas moins à me fixer comme si c'était la seule chose qu'il pouvait maintenant faire. J'étais le plus fort, mais assez paradoxalement, je me sentais de moins en moins apte à soutenir longtemps son regard gris.

Je me dis que puisque j'étais le plus fort, je pourrais prendre la parole le premier, lui adresser la parole sans trop de difficulté, lui lancer à la figure tout ce que j'avais à lui dire, tout ce que nous avions décidé, elle et moi, de lui dire. Mais à mon tour, je me contentai d'avaler péniblement. Il savait sans doute lui aussi que j'étais le plus fort, et pourtant, nous en étions en apparence au même point, incapables de parler ou de faire le moindre geste.

Et je me mis à détester cet homme digne malgré son impuissance. Je me mis à le détester de tout mon être parce qu'il était là à me regarder, à constater que, même supérieur, je demeurais impuissant, muet moi aussi malgré l'immense victoire que j'avais remportée sur lui, malgré le fait que j'avais réussi à lui enlever sa seule raison de vivre. Ce qui le ferait peut-être mourir de honte et de dégoût.

Une dernière fois, il tenta d'ouvrir la bouche, mais il savait sans doute que c'était là une tentative inutile. Il réussit tout de même à prendre son mouchoir et à s'éponger le front. Cela lui donna bonne contenance pendant quelques secondes. Mais je sentais qu'il était persuadé que ce geste n'était que le dernier soubresaut avant l'abandon définitif. Il baissa finalement les yeux et inclina la tête. Je reçus mille rayons de soleil en plein visage et, ébloui, je devinai qu'il venait de faire demi-tour au crissement de ses pieds hésitants sur le sable chaud.

Il avait maintenant le dos voûté et j'avais l'impression que ses jambes allaient céder brusquement et qu'il serait bientôt étendu à mes pieds. Je l'imaginais tout à coup faible comme un jeune enfant et cela, sans doute à cause de son âge avancé. Rien ne se produisit.

Je venais de terminer la lecture de *On achève bien les chevaux*, d'Horace MacCoy et j'avais encore en tête une phrase terrible : « Maintenant je sais qu'on peut être gentil et être en même temps un assassin. » Tout en m'éloignant pour ne pas lui laisser le temps de répondre, je lançai : « Je vous salue, monsieur. »

Elle m'attendait chez moi, heureuse que tout cela soit enfin terminé. Elle venait peut-être de quitter à la fois son père et son vieil amant.

Mots CACHÉS

2$

Gros lot 10 000 $

▼ Vos lettres

B	X	M	R		H	V
C	L	△△	A	O	P	N

No vérif

| Y | S | K | U | G | J |

▼ Grille-Mystère ▼

R	O	L	A	N	D		B	U	R	Y
U		N		I		O			I	T
M	A	Y	A		S	I	X		I	T
B		L		T			F	A	T	
A	E	R	O	N	A	V	A	L	O	
L		G		N			O			
O		U		T	H	O	R	A	X	
B	I	D	E	T			E			E
I		U			N	E	O	N		N
L		P	I	E			C			O
E	V	E		P	I	G	E	O	N	

Légende		
10 MOTS...10 000 $	6 MOTS............20 $
9 MOTS........1 000 $	5 MOTS............10 $
8 MOTS..........100 $	4 MOTS............5 $
7 MOTS..........50 $	3 MOTS............2 $

Voir instructions au verso.

INSTRUCTIONS DE JEU:	PLAY INSTRUCTIONS:
1. Grattez la grille «VOS LETTRES».	1. Scratch the board "VOS LETTRES".
2. Grattez dans la «GRILLE MYSTÈRE», les lettres identiques à celles de la grille «VOS LETTRES».	2. Scratch in the "GRILLE MYSTÈRE" all letters in the board identical to the ones of the board "VOS LETTRES".
3. Si vous avez gratté dans la «GRILLE MYSTÈRE» de trois à dix (3 à 10) mots qui respectent les règles énoncées ci-dessous vous gagnez un lot tel qu'indiqué à la légende. Un seul lot peut être réclamé par billet.	3. According to the rules below, if you uncover in "GRILLE MYSTÈRE" three to ten (3 to 10) words, you win the corresponding prize as indicated in the legend. One prize per ticket may be claimed.

RÈGLES:	NOTE:
A. Le «mot» doit être formé d'au moins trois lettres.	A. The "word" must contain at least three letters.
B. Le «mot» ne peut être formé en reliant des lettres en diagonale, de droite à gauche ou de bas en haut.	B. The "word" cannot be formed by linking letters diagonally, from right to left or from bottom to top.
C. Le «mot» doit être formé de lettres apparaissant dans les cases adjacentes formant une ligne verticale ou horizontale. Les lettres du «mot» ne peuvent être séparées par une case noire et le «mot» doit être formé de chacune des lettres se trouvant entre deux (2) cases noires.	C. The "word" must be formed from letters appearing in adjacent squares forming a horizontal or vertical line. The letters of the "word" cannot be separated by a black square and the "word" must be formed with each of the letters between two (2) black squares.
D. Chaque lettre du «mot» doit apparaître dans la grille «VOS LETTRES».	D. Each letter of the "word" must appear in the board "VOS LETTRES".

Nom/Name

Rue/Street

Ville/City

Code postal/Postal Code

Téléphone/Telephone

7-0006-1

7 79360 00001 1

AU PIED DU MUR

AU PIED DU MUR

Parce qu'elle était assise au pied du mur depuis plus d'une heure, la femme se dit que tout était fini. Elle pensa que c'en était fait d'elle. Elle songea que toute sa vie était écrite depuis longtemps dans un grand livre et que la phrase qui précédait le point final parlait d'un mur haut de six pieds et qui s'étendait sur plusieurs milles.

Le mur n'était peut-être pas si haut, mais assise par terre, elle le voyait s'élever comme une forteresse. Elle appuyait sa tête contre les vieilles pierres et tout son corps se plaisait à démissionner, à s'abandonner à ces formes rondes et maternelles. Ses fesses posées sur le sol humide la faisaient un peu souffrir, mais elle s'amusait tout de même à prendre racine dans la terre brune et presque rassurante. Elle avait mis les deux mains sur ses genoux et sentait jusque dans le bout des doigts leur rondeur enfantine. Parfois, elle penchait la tête vers l'arrière pour bien regarder le mur dans toute sa hauteur et elle devinait alors le grain de la pierre glisser sur son cuir chevelu.

L'endroit lui semblait agréable et elle se laissait aller à imaginer les centaines de marguerites qui veillaient à ses pieds. Elle se dit que tout était bien ainsi, que l'heure était venue. Du bout du pied, elle parvint péniblement à écrire son nom sur le sol. Les lettres s'étiraient de façon très peu harmonieuse. Elle écrivait comme un enfant de trois ans qui tient un crayon dans sa main pour la première fois. Les lettres tremblaient au bout du pied incertain. Elle recommença une autre fois pour que le nom soit bien lisible. Puis, elle soupira avec satisfaction avant de fermer les yeux et de se laisser tomber sur la pierre de tout son poids.

UNE RENCONTRE

Ils avaient décidé de s'installer à l'extérieur pour profiter du beau temps. Et ils étaient là depuis plus d'une heure. Ils regardaient couler la rivière encore agitée en cette fin de mois de mai.

Quand le plus vieux parlait, l'autre l'écoutait avec attention, même s'il ne comprenait pas parfaitement l'importance qu'avait pour son interlocuteur le congédiement d'un subalterne. Il sentait cependant, comme cela ne lui était pas arrivé souvent auparavant, que ce que disait le plus vieux était, pour lui, essentiel. Et il était heureux de l'entendre s'exprimer ainsi.

A d'autres moments, c'était le plus jeune qui parlait de façon enflammée du dernier conflit syndical qui laisserait des traces pendant encore longtemps. Le plus vieux l'écoutait et essayait de saisir toutes les nuances et toutes les subtilités techniques que celui qui parlait s'efforçait de rendre claires.

Ils n'arrivaient pas toujours à s'exprimer de façon totalement satisfaisante, mais ils en étaient tout de même heureux et quand le plus jeune parla de partir, le plus vieux fit tout ce qu'il put pour le retenir.

Et la discussion continua un bon moment. Parfois, ils cessaient de parler et le silence ne les troublait pas. Ils pouvaient le partager sans malaise aucun.

JOURNAL PERSONNEL D'UNE PENSIONNAIRE DE L'HOSPICE DE SAINT-MARCELIN

« J'aimerais partir sur la pointe des pieds sans déranger personne... J'aimerais surtout que personne ne se sente coupable de quoi que ce soit. »
Blanche Courvil

Saint-Marcelin, 10 septembre 197...

M. Pierre Longpré,
14, rue de l'Église,
Québec.

Monsieur,

Le Directeur de l'Hospice de Saint-Marcelin vous a sans doute écrit il y a quelques jours pour vous faire parvenir les effets personnels qui ont appartenu à Mme Blanche Courvil.

J'ai pour ma part hésité quelque temps avant de vous écrire et j'ai finalement décidé de vous envoyer le manuscrit que vous trouverez-ci-joint. Mon amie Blanche m'a quelquefois parlé de vous et j'ai pensé que c'était mon devoir de vous faire parvenir ce journal personnel. Comme vous le constaterez à la lecture, ce n'est là qu'un extrait du journal de votre tante. Je suppose qu'elle a détruit le reste.

Pour ma part, je quitte définitivement Saint-Marcelin. J'ai loué une chambre d'hôtel pour deux semaines dans la ville voisine. Vous pourrez toujours m'y rejoindre si le cœur vous en dit.

Veuillez agréer, monsieur, l'expression de mes sentiments les meilleurs.

Virginie Manseau

Un matin de pluie

Le vieux Bouliane n'était pas beau à voir. Ses vêtements étaient en lambeaux et sa peau était d'un bleu-gris inquiétant. Le vieux Bouliane était disparu depuis deux jours et tout le monde le cherchait, surtout cette vieille folle de Gertrude. Maudit que je la déteste! J'aurais aimé que ce soit elle qui soit à la place du vieux Bouliane, couchée par terre avec ses vêtements en lambeaux et son visage bleu.

Le vieux Bouliane avait l'habitude de disparaître régulièrement quelques heures. Aussi, lorsqu'il a disparu, il y a deux jours, je ne me suis pas trop inquiétée pour lui. Gertrude se promenait pour sa part comme une âme en peine, demandant à tout le monde où pouvait bien être passé le vieux Bouliane. Gertrude avec son grand nez périscope qui fouinait partout...

120

Le vieux Bouliane n'était pas beau à voir et les policiers avaient défendu à tous de s'approcher. Moi j'ai réussi à me faufiler et j'ai dit à l'un d'eux que c'était mon cousin. Il m'a laissé m'approcher et le regarder pendant au moins une minute. Le vieux n'était pas beau avec son crâne boursouflé et ses gencives édentées. Il avait dû frapper un arbre qui descendait la rivière car sur sa joue gauche, du sang coulait. Tout son corps avait comme rapetissé. Je me trompe peut-être mais c'est l'impression que je ressentais en le regardant étendu par terre, dans l'herbe mouillée.

Le vieux Bouliane n'était pas beau à voir mais je pensais tout à coup qu'il était peut-être heureux et je me disais que c'était une bonne chose que ce ne soit pas cette maudite Gertrude qui soit à sa place. Peut-être semblerait-elle heureuse comme lui malgré sa laideur. Pourquoi le vieux Bouliane me semblait-il heureux malgré ce qu'il venait de souffrir ? Je me disais qu'avec toute cette eau, il était retourné à quelque chose d'originel. Et il me faisait tout à coup penser à mon petit Hubert, celui qui est mort à dix mois. Il était lui aussi arrivé tout bleu avec du sang dans le visage. Contrairement aux autres, je l'avais presque vu sortir avec sa tête légèrement déformée, le médecin n'ayant pas eu le temps de donner l'ordre de m'endormir. Je l'avais presque vu sortir avec sa tête légèrement déformée et sa bouche édentée. Je l'avais vu comme les femmes d'aujourd'hui ont la chance de voir leurs enfants sortir d'elles-mêmes, les jambes ouvertes, avec le mari, leur homme, qui leur tient la tête pour les aider à jouir de donner la vie malgré la douleur. Le vieux Bouliane était à mes pieds et j'avais l'impression de lui donner la vie. J'avais l'impression qu'il sortait de mes jambes écartées et qu'il tombait par terre, dans l'herbe mouillée. Mais c'est en vain que j'ai attendu qu'il lance le cri de victoire de l'enfant délivré. Ce matin, j'ai donné naissance à un noyé. Depuis ce matin, je suis mère pour la sixième fois. Le vieux Bouliane est mon dernier enfant.

Quand la maudite Gertrude m'a vue près de ce vieux derrière lequel elle marchait toujours comme son ombre, elle s'est mise à gesticuler de rage et d'impuissance parce que les policiers ne voulaient pas la laisser s'approcher du corps de cet homme qui n'était ni son frère, ni son cousin, ni son mari. Elle se mit aussitôt à expliquer à un des policiers que je n'étais pas vraiment la cousine du vieux Bouliane et ils ont deviné que je leur avais menti. J'ai senti aussitôt la grosse main de l'un d'eux sur mon épaule et j'ai dit adieu à mon dernier enfant, un enfant mort-né.

Depuis plus d'une heure, je suis assise dans ma chambre, épuisée comme si je venais de donner naissance au vieux Bouliane. J'ai les jambes molles et le corps endolori. J'ai la tête pleine d'images floues que je n'arrive pas à comprendre. J'ai les mains moites et je m'attends d'une minute à l'autre à voir entrer une infirmière vêtue de blanc, poussant devant elle une petite civière sur laquelle serait étendu mon vieil enfant. Je touche mon ventre, j'ai l'impression que j'ai maigri depuis une heure, que j'ai perdu cette graisse de trop accumulée depuis quelques mois. J'ai retrouvé la sveltesse d'avant ma grossesse. J'ai retrouvé ma taille de jeune fille. C'est mon mari qui va être heureux de pouvoir à nouveau me prendre dans ses bras, à nouveau me serrer tout contre lui. Et c'est moi qui vais être heureuse de le sentir, lui, tout raide contre mon ventre maintenant à nouveau plat.

122

J'entends des vieux parler dans le couloir et il y en a parfois un qui pousse des petits cris comme les enfants au terrain de jeux. Il nous arrive de nous bousculer comme des écoliers qui viennent d'entendre sonner la cloche de la récréation, mais une telle insouciance ne peut malheureusement durer puisque, pour deux minutes de cris et de bousculades, il y a au moins une heure de repos et parfois même de sommeil. Il m'arrive d'avoir les jambes totalement mortes même si je sens dans ma cervelle éclater des rondes folles et des rêves de soleil.

Le même jour, un peu plus tard

J'ai dû mettre de côté ce journal très personnel que je rédige un peu chaque jour car cette Gertrude que je déteste a eu le toupet de venir frapper à ma porte pour me demander si tout allait bien. Elle a pris le temps de s'asseoir et de lancer, le cou étiré pour voir ce que je venais de glisser dans mon tiroir : « Qu'est-ce que vous faites madame Courvil ? Êtes-vous en train de calculer vos économies ?... » Inutile de dire que je lui ai répondu de façon très explicite que cela ne la concernait en rien. Et elle de se surprendre encore une fois : « Mais qu'avez-vous à me répondre avec une telle haine dans la voix ? Il est évident que vous ne m'aimez pas... Il est évident que vous faites tout ce que vous pouvez pour me faire de la peine... Il est évident que vous ne voulez pas être mon amie... J'aimerais tant vous parler comme à une sœur... » Que pouvais-je répondre à de tels propos ? Elle avait presque la larme à l'œil et faisait de telles grimaces que n'importe qui s'y serait laissé prendre et moi la première. Alors, j'ai essayé de la consoler comme si c'était elle et non moi qui était en deuil.

J'ai essayé de lui parler plus doucement, de l'écouter avec attention même si je la déteste plus que tous les autres qui sont ici.

Il y a des fois où je la déteste parce que je ne peux faire autrement que de faire passer mon trop-plein de haine sur une personne en particulier comme je ne pouvais faire autrement que de faire passer mon trop-plein de joie sur le vieux Bouliane et maintenant sur cette dame de Québec à qui je n'arrive pas à parler vraiment malgré tous mes efforts. Cette dame de Québec est beaucoup trop jeune pour être ici. Je lui donnerais à peine cinquante ans. Je croyais au début qu'elle n'était ici que pour quelques jours de repos, mais j'ai pu savoir en posant des questions mine de ne pas en poser, qu'elle avait décidé elle-même de venir à l'Hospice de Saint-Marcelin pour y finir ses jours. Depuis ce temps, elle marche la tête haute, un peu comme si elle était toujours au-dessus de ses affaires, un peu au-dessus de la réalité, un livre à la main. C'est peut-être le fait de la voir se promener un livre à la main qui m'a donné l'idée de commencer ce journal, reprenant ainsi un vieux rêve de jeunesse.

Une nuit d'insomnie

Certains disent que les vieillards dorment beaucoup. Comme les petits enfants. C'est peut-être vrai de façon générale, mais cette nuit, je n'arrive pas à fermer l'œil. Et pour ne pas penser au vieux Bouliane et me rendre malheureuse encore une fois, j'ouvre ce cahier qui ressemble en fait à ceux que nous avions à la petite école de campagne

124

où j'ai commencé mes classes. Et nous sommes partis pour la ville presque tout de suite...

Ce que je retiens surtout des derniers jours, c'est le changement apporté à l'horaire. A Saint-Marcelin, jusqu'à maintenant, l'horaire avait été établi par le jeune monsieur Barbeau dont le père est d'ailleurs pensionnaire ici. Je crois que c'est cette dame de Québec, Virginie, qui a réussi à introduire de la nouveauté dans l'horaire quotidien. Elle semble avoir convaincu le jeune monsieur Barbeau de modifier l'heure du lever. Pensez donc, un lever libre en quelque sorte... Chacun va pouvoir maintenant se lever entre sept heures et neuf heures trente. J'aimerais bien savoir comment elle s'y est prise pour introduire une telle fantaisie dans l'horaire quotidien. Mais il faut dire que cela n'a à vrai dire introduit du changement que pour les deux premiers jours et depuis hier, tous se lèvent à la même heure qu'auparavant, vers sept heures. Mais peu importe, le règlement est écrit bien à la vue de tous dans le couloir principal et c'est maintenant un droit acquis comme disaient les syndiqués lors de leurs dernières négociations.

Virginie est entrée dans le bureau du jeune monsieur Barbeau vers une heure trente, mardi dernier, et quand elle est sortie, elle marchait toujours la tête haute comme si de rien n'était. Et pourtant, elle venait d'introduire dans la vie de tous les jours une première fantaisie qui aura peut-être des suites. Il était cinq heures trente, juste avant le souper, lorsque le jeune monsieur Barbeau nous a réunis pour nous annoncer qu'après avoir réfléchi à la chose, il en était venu à la conclusion qu'un peu de liberté ne ferait de tort à personne dans cette maison. Pendant qu'il parlait, je cherchais Virginie des yeux, mais elle s'était esquivée.

Sept mai

Ce soir il fait beau et ça sent bon le printemps. Je ne sais trop comment commencer parce que j'ai beaucoup de choses à dire. Au fond, ça importe peu puisque je suis seule à lire ce texte écrit d'une main tremblante.

Aujourd'hui, j'ai longuement parlé à Virginie. C'est donc une journée à retenir.

Elle était assise près de la rivière et regardait couler l'eau abondante à ce temps de l'année. En m'approchant d'elle, je ne pus faire autrement que de revoir le vieux Bouliane, étendu dans l'herbe avec son visage taché de sang et ses vêtements souillés. Mais lorsque Virginie m'adressa la parole, j'oubliai rapidement l'image de mon vieil ami. Virginie s'est peut-être sentie obligée de me parler en me voyant approcher, les mains posées sur le ventre comme une femme qui a mal. Malgré mon chagrin, je ne pouvais m'empêcher d'admirer le tableau composé de cette dame un peu hautaine à première vue, regardant couler l'eau de la rivière Agile. Elle était assise sur une chaise en osier et ses mains posées sur les genoux tenaient un livre ouvert. Elle ne lisait pas. Elle semblait rêver en regardant les flots agités. Elle s'est tout à coup retournée et sans prendre le temps de me regarder un instant, elle s'est mise à parler. Et cette femme à l'air hautain parlait d'une voix douce et posée. «Vous vous demandez sans doute ce que je fais dans cet hospice, moi, une dame encore jeune? Je n'ai que cinquante-deux ans. Quel âge me donniez-vous?». Les phrases étaient prononcées lentement, avec un certain détachement. Ce qu'elle venait de dire ne faisait que confirmer ce que je pensais déjà. Et je ne pus que balbutier que j'avais vu juste en la plaçant au début de la cinquantaine.

126

«Je suis entrée à l'Hospice de Saint-Marcelin, ajouta-t-elle, un peu comme on entre en religion avec l'intention de faire vœu de chasteté. Mais depuis que je suis ici, je me dis que la petite société que nous formons ne demande qu'à vivre pleinement et qu'il ne suffirait probablement que d'un ou deux «agitateurs» pour que tous ces vieillards retrouvent pleinement l'esprit d'enfance. La modification à l'horaire n'est qu'une première étape dans ce que je pense essayer de faire. Si au moins le vieux Bouliane était ici, s'il ne nous avait pas quittés volontairement... Qu'en pensez-vous? Est-ce un suicide? Ou un accident comme l'ont dit les policiers sous la recommandation du jeune monsieur Barbeau...»

Que pouvais-je répondre à cette Virginie qui se révélait tout à coup être celle qui pourrait remettre un peu de vie parmi les soixante pensionnaires de l'Hospice de Saint-Marcelin? Je pris le parti de ne pas répondre, me disant que qui ne dit mot consent, qu'il serait toujours assez tôt pour témoigner de mon désaccord si les choses allaient trop loin. Mais Virginie attendait de moi une réponse et voyant que je ne réagissais pas, elle conclut sur un ton de confidence: «Nous reparlerons de tout cela prochainement. Vous pouvez entre temps continuer votre journal dans ce cahier d'écolier. Il servira sans doute un jour à ceux qui voudront savoir ce qui s'est passé à l'Hospice de Saint-Marcelin durant le printemps et l'été de cette année...» Elle se leva et disparut comme si elle n'avait rien dit. Comment Virginie peut-elle savoir que j'écris ce journal personnel dans lequel je relate les petits faits de la vie asilaire quotidienne? C'est ce qui me surprend le plus. Il est vrai qu'il y a deux jours, j'ai oublié mon cahier sur une table du réfectoire... Et maintenant que je suis en train de raconter cet entretien, je me plais à penser, chère Virginie, que vous lirez tout cela un jour. Pour l'instant, chère Virginie, je ne sais pas si vous êtes une folle, une femme cynique ou une amoureuse des vieillards.

Je comprends très bien par ailleurs son allusion au vieux Bouliane : « Si au moins le vieux Bouliane ne nous avait pas quittés... » Je comprends très bien son allusion car avant son geste de désespoir, avant qu'il sombre dans un mutisme complet, il était celui grâce à qui l'Hospice de Saint-Marcelin était parfois vivant. Quelqu'un a dû parler de lui à Virginie. Le vieux Bouliane faisait parfois des choses extravagantes comme de courir après moi à travers le petit bois qui longe la rivière jusqu'à ce que nous roulions par terre comme deux enfants ivres de soleil, deux enfants qui avaient par la suite de la difficulté à marcher pour s'être permis de telles extravagances... Et ses mains tremblantes sur mon ventre plissé qui glissaient doucement comme si c'était la première fois...

Le lendemain

Aujourd'hui : rien. Ou à peu près. Le calme plat. Mais je reprends ma plume car petit à petit ce moment d'écriture quotidienne commence à devenir une nécessité, un besoin. Je m'amuse à tracer des mots dans mon cahier d'écolière, je m'amuse à empêcher le temps de me tuer à petit feu. Mon cahier a remplacé mon vieux confident qui s'est tué. Je ne pourrai jamais pardonner au vieux Bouliane de m'avoir quittée comme ça, sans

128

explication. Hier, Virginie posait la question du suicide et je ne peux faire autrement que de penser, moi aussi, que le vieux Bouliane s'est enlevé volontairement la vie. Je me souviens que lorsque son dernier fils est mort, à quarante-deux ans, le vieux Bouliane (ce cher Antoine...) m'avait fait remarquer qu'il n'aurait plus désormais de raison suffisante pour continuer à vivre. Il ajoutait que son voyage avait déjà duré assez longtemps. « Et moi ? » que je lui criai, incapable de retenir cette question au fond de ma gorge plus longtemps. Il a souri de ses yeux encore bleus malgré leur fatigue et s'est contenté de dire : « Mais oui, chère Blanche, mais oui... »

Encore un détail pour aujourd'hui. Monsieur Barbeau, le jeune, est maintenant beaucoup plus présent dans la maison. Il lui arrive même de jouer aux cartes une partie de l'après-midi avec trois vieux inséparables qui se réunissent tous les jours dans la grande salle qui sert aussi pour les conférences ou les fêtes. Le jeune monsieur Barbeau qui était presque toujours absent, qui ne se montrait de façon prolongée que lors de la mort d'un des pensionnaires, passe parfois une longue journée parmi nous. Il m'a demandé aujourd'hui si je n'avais pas vu Virginie. Il a dit « Mme Manseau » de sorte que sur le coup, je ne répondis pas tout de suite lui laissant le temps d'ajouter : « Vous savez, cette dame de Québec toujours bien mise... ». Lorsque — je me demande encore par quel hasard — je dis : « Est-ce que je peux lui transmettre un message de votre part ? », il s'est contenté de faire signe que non et je ne crois pas me tromper si j'ajoute qu'il a légèrement rougi en entendant son voisin de gauche lui dire de « lâcher les femmes » et de se concentrer sur son jeu.

Le matin, sept heures

J'ai beaucoup de difficulté à m'habituer à jouir pleinement de la possibilité de ne me lever qu'à huit ou neuf heures. Mais ça viendra. Lorsque je m'éveille encore à sept heures comme nous obligeait à le faire l'ancien règlement, je demeure dans ma chambre un bon moment pour bien faire comprendre aux autorités que le nouveau règlement est bien utile et qu'il ne faut surtout pas le remettre en question. J'en ai déjà d'ailleurs parlé à quelques compagnes qui utilisent la même tactique. Comme cela, lorsque nous demanderons autre chose, il sera plus difficile de nous le refuser sans discussion aucune comme cela arrivait toujours avant que Virginie prenne les choses en main. Si tu lis ce cahier de notre vie quotidienne, chère Virginie, je te fais savoir que ta présence ici est bien utile. Peut-être es-tu destinée à de grandes choses. Tu es une envoyée du « monde »...

Et ce matin, il y a ce rêve que j'ose à peine coucher sur le papier. Ce rêve bizarre que j'ai fait comme si tout à coup je me remettais à vivre la nuit comme je l'ai fait entre dix-neuf et vingt-trois ans. Ces longues nuits payantes sur la rue Sainte-Catherine, à Montréal. Jusqu'à ce qu'une nuit en apparence comme les autres, je rencontre mon Albert qui m'a donné une vie plus normale...

Ce matin, il y a ce rêve qui est tellement présent dans ma tête que c'est comme s'il était réalité... Je marche le long de la rivière Agile avec le vieux Bouliane. Il est silencieux et moi je lui pose toutes sortes de questions. Il se contente de fumer sa pipe comme s'il était seul, mais je sens bien à certaines pressions de sa main sur mon bras qu'il entend toutes mes questions et que certaines lui font plaisir. Et puis brusquement, il s'arrête et me

130

demande de m'asseoir. Aucun son n'est sorti de sa bouche, mais je comprends très bien ce qu'il veut uniquement par les regards qu'il me jette. Il dépose sa pipe dans l'herbe et après avoir posé sa main sur mon épaule, il regarde les flots agités de la rivière qui, au printemps, coulent à grande vitesse. Pendant plus de vingt minutes, nous demeurons ainsi côte à côte, paisibles et heureux. Puis, comprenant sans qu'il ouvre la bouche les désirs profonds de mon vieil ami, je me lève lentement et commence à me dévêtir malgré le petit vent frais qui glisse sur mon corps osseux. Je me dis que cela n'a plus d'importance et que la maladie n'aura plus prise sur nous. A son tour, mon ami se lève et avec précipitation, comme s'il voulait en finir plus rapidement que moi, il jette ses vêtements sur le sol. Il se retourne une seconde vers l'Hospice de Saint-Marcelin puis il me dit : « Viens. » Et nous allons, main dans la main, droit devant nous jusqu'à ce que nos deux corps disparaissent dans les flots agités. Et nous glissons, main dans la main, comme deux poissons qui ont renoncé une fois pour toutes à remonter la rivière Agile, heureux malgré leur lâcheté...

En m'éveillant, j'avais le soleil dans les yeux, ayant oublié hier soir de baisser le store de l'unique fenêtre de ma chambre. Je peux maintenant me rendre au réfectoire puisque j'ai réussi encore une fois à montrer l'utilité du nouveau règlement concernant le lever.

Le même jour, en soirée

Durant toute la journée, je me suis demandé où pouvait bien être passée Virginie. Au dîner, elle était absente et j'ai cru pendant une heure qu'elle

131

était souffrante, demeurée dans sa chambre. Après le repas, j'ai eu la curiosité d'aller frapper à sa porte pour me rendre compte qu'elle n'était pas là. Je n'osais pas poser trop de questions autour de moi car je n'aime pas passer pour une vieille curieuse. Finalement, c'est Gertrude qui pour une fois m'est apparue sympathique, qui est venue s'asseoir près de moi pour me glisser à l'oreille qu'elle avait vu ce matin, Mme Manseau quitter l'Hospice avec monsieur Barbeau. Il était environ huit heures trente lorsqu'elle les a vus monter en voiture et prendre la route qui mène à Montréal.

Devant cette révélation, je fis de gros efforts pour cacher mon intérêt, mais Gertrude a été assez perspicace pour me faire parler un peu, pour me faire parler parce qu'elle sait bien l'intérêt que je porte à Virginie. Elle nous a vues à quelques reprises, discutant ensemble en marchant dans le parc derrière l'Hospice.

Au souper, Virginie n'était toujours pas là. Sa place était libre. Nous n'avons pas de place fixe, mais chose assez fascinante, tout le monde occupe toujours à peu près la même place. Sauf trois vieux qui s'amusent à l'heure des repas à se « voler » leur place à tour de rôle. Ils en ont au moins pour quinze minutes chaque soir à s'amuser de ces petits tours qu'ils se jouent. Virginie n'était pas là et j'ai cru un moment qu'un membre de sa famille, son frère par exemple, n'était pas bien.

Cependant, vers sept heures trente, j'eus la réponse à toutes mes questions. Je vis entrer Virginie et monsieur Barbeau, tous deux souriants, en grande conversation. Et une fois de plus, monsieur le directeur annonça qu'il y aurait une petite réunion de quelques minutes dans la grande salle des fêtes.

Lorsque le jeune monsieur Barbeau nous réunit, c'est souvent pour nous annoncer un malheur, mais cette fois-ci il souriait et je pensais qu'il ne pouvait nous apprendre la mort d'une compagne ou la maladie grave d'un compagnon. Il prit la parole en nous disant qu'il espérait que tous avaient passé une bonne journée et c'est là qu'il nous parla vraiment de sa nouvelle conception de l'organisation de l'Hospice de Saint-Marcelin.

Monsieur Barbeau nous parla plutôt lentement de sorte que son exposé a dû durer au moins trois quarts d'heure. Quelques têtes blanches commençaient à tomber de fatigue lorsqu'il en vint au cœur de son sujet. Ce que j'ai retenu de tout cela, c'est qu'il fallait absolument utiliser une nouvelle formule de « participation », faire en sorte que l'Hospice de Saint-Marcelin devienne la « chose » de tous les résidents. Lorsqu'il termina en demandant s'il y avait des questions, près du tiers de l'assemblée avait déjà quitté les lieux pour le monde du sommeil. Je me permis pour ma part de demander à M. Barbeau d'où lui venait cette nouvelle conception de la vie de l'hospice et il se contenta de me répondre : « Depuis déjà quelque temps, je songe à la vie que vous menez ici et je me dis qu'il y aurait sans doute moyen de vous rendre plus heureux, plus libres... » Il se tut, comprenant bien qu'il n'y avait pas moyen de poursuivre les débats plus longtemps. Son exposé tomba comme une roche au fond d'un puits. Tout le monde est alors parti se coucher sauf Virginie qui demeura assise au fond de la salle, songeuse. Je passai près d'elle et elle ne me regarda même pas.

13 mai

Il m'est arrivé aujourd'hui une chose fort troublante. Je n'ose pour l'instant sortir de ma chambre de peur de rencontrer à nouveau un certain monsieur Major qui est arrivé ici hier, en soirée. Je ne l'ai pas vu arriver mais c'est ce qu'il m'a dit lors de notre première rencontre. Et quelle rencontre!

Je dois préciser tout de suite que je ne crois pas aux revenants ni aux fantômes. Et pourtant, ce matin, je suis demeurée figée sur place en voyant venir vers moi ce vieux dans le couloir. Je marchais en songeant à tout ce qui se passe ici depuis que monsieur le directeur nous a parlé de sa nouvelle conception de la vie asilaire lorsque tout à coup, je lève les yeux pour voir venir vers moi mon cher Antoine ressuscité... C'était ce Louis Major qui de loin ressemble au vieux Bouliane comme deux gouttes d'eau. Je suis restée figée sur place, me demandant si je ne rêvais pas, hésitant à lui adresser la parole, essayant de me convaincre que je n'étais pas victime d'une illusion d'optique. Lorsqu'il est à quinze ou vingt pas de vous, il ressemble tellement au vieux Bouliane que c'en est troublant. Et lorsqu'il m'adressa la parole, j'eus toutes les difficultés du monde à lui répondre convenablement, encore sur le coup de la surprise, la voix tremblante. Il s'est contenté de me saluer, se demandant sans doute si j'avais toujours l'air aussi ahurie lorsque je rencontrais quelqu'un pour la première fois.

Nous avons fait quelques pas dans le couloir et je ne pouvais m'empêcher de jeter des regards furtifs vers ce vieux dont la démarche, le visage et même jusqu'à un certain point les vêtements

134

ressemblent à ceux de mon vieux compagnon. Il me semble par ailleurs qu'il est un peu plus grand qu'Antoine et qu'il parle de façon plus raffinée, utilisant un vocabulaire qui témoigne d'une certaine instruction. Mais pendant quelques secondes, j'ai eu envie de lui demander s'il voulait venir se promener avec moi le long de la rivière Agile qui est encore grosse de toute cette eau printanière. Mais je n'ai pas osé, me contentant de hocher la tête lorsqu'il me raconta peu à peu que, ses enfants étant tous partis à l'étranger, il ne pouvait plus demeurer seul.

Pour ce qui est de ce qui se passe ici depuis quelques jours, à l'Hospice de Saint-Marcelin, contentons-nous de quelques faits précis. Depuis deux jours, non seulement les levers sont « libres », mais l'heure des repas est laissée à la discrétion de chacun, deux cuisiniers de plus ayant été engagés pour servir les pensionnaires. Il faut ajouter à cela que deux fois la semaine, un autobus sera à la disposition de ceux qui, s'ils sont assez nombreux, voudront aller visiter les petits villages de la région. Le premier voyage organisé devrait avoir lieu la semaine prochaine. Et j'ai gardé le meilleur pour la fin : il sera désormais possible de partager sa chambre avec un compagnon ou une compagne après en avoir fait la demande de façon officielle à M. Barbeau qui sera à la tête d'un comité de trois personnes qui accorderont de telles permissions. Il va sans dire que cela fait l'objet de longues discussions. Pour l'instant, le comité n'a reçu qu'une demande, celle des deux sœurs Bourgeois qui veulent partager la même chambre. La permission a été accordée sur-le-champ. Mais tous se demandent qui aura le courage de faire la première « vraie » demande...

Je vois Virginie de moins en moins souvent de sorte qu'hier, j'ai décidé de lui écrire pour lui demander ce qu'elle pense de tout cela. J'attends sa lettre avec impatience.

Plus tard

Reproduire dans ce journal la lettre de Virginie m'aidera peut-être à en comprendre mieux la signification.

Chère Blanche,

Depuis quelque temps, nous nous parlons bien peu. J'ai hâte de reprendre avec toi nos conversations déjà commencées. Nous ne nous sommes à vrai dire jamais vraiment parlé, mais je sens bien que si nous prenions le temps de nous asseoir deux ou trois heures, nous aurions beaucoup de choses à nous dire et nous nous parlerions sans doute comme de vieilles amies qui se connaissent depuis leur tendre enfance. Tout cela est pour bientôt, je l'espère.

En ce qui concerne ce qui se passe ici, je dois t'avouer que je suis à la fois rassurée et inquiète. Je suis rassurée parce que, comme je te l'ai déjà dit, en arrivant ici je me suis rendu compte qu'il ne suffirait que de quelques gestes pour qu'une bonne partie des pensionnaires de l'asile de Saint-Marcelin se remettent à vivre pleinement. Tous ceux qui sont ici n'ont plus que quelques années à vivre (au plus dix ans...) et il ne faut pas qu'ils se contentent de les regarder glisser comme du sable au creux de leurs mains. Il faut au contraire qu'ils vivent ces quelques années pleinement. Par ailleurs, je me dis en même temps que je viens peut-être de déclencher un doux vent de folie dans l'Hospice de Saint-Marcelin.

136

Chaque fois que je parle de cet endroit, je me rends compte que j'hésite entre le mot «hospice» et le mot «asile». Cela est sans doute significatif...

Ce doux vent de folie n'est pour l'instant qu'une petite brise de cinq heures, mais peut-être qu'un mécanisme difficile à dominer commence à entrer en action au moment où je t'écris cette lettre. Je ne sais pas si on t'a déjà parlé de l'acharnement de certains poissons à vouloir remonter la rivière... J'aimerais que les vieux de l'Hospice de Saint-Marcelin retrouvent le courage de faire face au courant du temps qui les détruit à petit feu, au vent qui creuse dans leur visage des rides de vieillesse.

C'est assez pour cette fois-ci. J'espère que tu poursuis toujours la rédaction de ton journal. Il nous servira un jour de livre de bord...

Bonne nuit,

Virginie.

P.S. As-tu rencontré le nouveau qui est arrivé hier, en soirée? Il se nomme M. Major.

En relisant la lettre de Virginie, je me rends bien compte que ce qui me frappe le plus est cette image des poissons remontant la rivière, image que j'ai moi-même utilisée dans mon journal. Virginie serait-elle une sorcière? Une voyante? Peut-être répondra-t-elle un jour à ma question...

Le mois de mai ressemble parfois à un mois d'automne pluvieux

Gertrude vient de me dire que le comité formé pour s'occuper des demandes des pensionnaires qui voudraient partager la même chambre se réunit cet après-midi à trois heures. Elle m'a dit cela avec un air de sous-entendu, fière de me glisser cela à l'oreille comme s'il s'était agi d'un grand secret. Elle est repartie, un sourire figé sur les lèvres.

Mais comment croire qu'un comité de trois personnes puisse changer quoi que ce soit dans la vie de ceux qui sont sur le point de mourir ? Mourir une fois pour toutes. S'endormir une fois pour toutes. Il y a des jours de mai qui ressemblent à des jours pluvieux d'octobre, à des jours pluvieux de fin d'octobre lorsque le froid vous glisse dans le dos et que même les bonnes tisanes soigneusement préparées ne viennent pas à bout du vent vicieux qui s'introduit sous vos vêtements. Il y a des matins de printemps qui ressemblent à des fins d'automne lorsque la vie pèse lourd, même si la journée ne fait que commencer. Il ne faut pas penser alors à l'ennui qui régnera à la fin du jour...

Et après ? Que peut-il se produire lorsque la dernière pelletée de terre recouvre votre cercueil qui pourrit lentement ? Qu'est-ce qui peut bien se passer lorsque tout pour vous s'est arrêté à jamais ? Il y a des moments où je me dis que ce sujet qui n'est jamais abordé ici devrait faire l'objet de longs débats entre les pensionnaires, débats qui nous permettraient non pas de vider la question, mais au moins de nous épuiser. Par la suite, nous pourions sombrer dans le sommeil réparateur et amnésique. D'ici un an ou cinq ans, je ne serai plus là. Comment peut-on sérieusement imaginer ne plus être là ? Comment peut-on imaginer sa mort ? Virginie a peut-être une réponse à tout cela. Et toi, mon vieil Antoine, pourquoi ne reviens-tu pas me renseigner sur ce sujet ? Parfois, la nuit, des vieillards font entendre de longs cris dans le noir. Et je me dis que c'est peut-être la mort qui leur lance

138

des appels désespérés pour qu'ils la suivent une fois pour toutes.

Le lendemain

Relisant ce que j'ai écrit hier, je me rends bien compte que la sérénité, le détachement que j'avais cru avoir atteints ces derniers mois m'abandonnent parfois de façon totale. Je me retrouve alors comme avant la rencontre de mon cher Antoine, avant que ne débutent nos fréquentations de vieillards qui rendaient souvent les autres pensionnaires jaloux.

Certaines de nos excursions en forêt rendaient les autres pensionnaires jaloux parce qu'ils s'imaginaient tout ce que nous pouvions faire à l'ombre des grands pins de la forêt qui balisent le cours de la rivière Agile. De belles excursions... Surtout la première où je me suis sentie tout à coup entourée par deux bras forts et solides qui me soulevaient presque de terre, me faisant tourner comme une toupie, me faisant virevolter comme une plume. Et je revois tout à coup les yeux à la fois timides et pleins de désir de mon cher Antoine qui attendait ma réaction à son assaut pour le moins surprenant. Sans que je sache d'où me venait cette audace, je me lançai sur lui et nous roulâmes dans les hautes herbes comme deux enfants fous de joie, comme deux adolescents qui en sont à leurs premières expériences amoureuses. Moi, surexcitée comme une jeune vierge. Et lui, ne sachant plus par où commencer la cérémonie des caresses et des longs baisers. Lorsque nous sommes revenus à l'hospice ce jour-là, Gertrude et quelques autres nous regardaient, nous disant de leurs yeux inquisiteurs qui nous étions à la fois de vieux fous qui avaient perdu la tête et des amoureux dont le sort leur faisait envie.

On vient de me dire que le comité qui devait se réunir cet après-midi a remis sa séance à plus tard. M. Barbeau aurait-il changé son fusil d'épaule?...

Vingt-huit juillet, trois heures du matin

Depuis quelques jours, il m'arrive de me réveiller en pleine nuit. Je ne sais pas si ce sont les cris que poussent les pensionnaires dans la nuit qui me font sursauter dans mon sommeil, mais chose certaine, une fois réveillée je ne réussis plus à retrouver la paix de mes rêves. Il ne me reste que mon journal pour passer le temps, journal dont je viens d'ailleurs de détruire une bonne partie... Ce journal m'a permis de noter durant tout l'été mes impressions ainsi que les petits faits de notre vie à l'hospice. Il s'est passé en apparence beaucoup de choses : des promenades à travers la campagne en autobus, le mariage de deux vieux de plus de soixante-dix ans, quelques frasques de vieux fous... Au fond, il s'est passé bien peu de choses. Virginie a réussi pendant quelques semaines à nous étourdir. Tu as bien fait ce que tu as pu, chère Virginie, mais tu es arrivée un peu trop tard. C'est ce dont je me suis rendu compte en relisant certaines parties de mon journal que je viens de détruire. Et puis tu as M. Barbeau, le jeune...

Trois août

Oui. J'ai de plus en plus de difficulté à retrouver la sérénité. Pourtant, il faut bien que je dise que tout le monde ici, tout le personnel fait de gros efforts pour nous rendre la vie facile. On dirait même que depuis quelques jours, ils sont tout particulièrement gentils. A la politesse un peu froide, ils ont ajouté le sourire. C'est pour cela que j'ai de la difficulté à comprendre mon état d'âme du moment. De même qu'il y a des gens qui sont doués pour les exercices physiques ou pour le jeu d'échecs et d'autres qui ne le sont pas, de même je commence à penser qu'il y en a qui sont doués pour la vieillesse et d'autres qui ne le sont pas.

Je ressens une étrange lassitude. C'est comme si les choses autour de moi avaient perdu tout intérêt. Je ne sais pas si mon vieil Antoine a ressenti cela dans les jours qui ont précédé son départ définitif... Je touche aux objets et c'est comme si ces objets avaient perdu tout le pouvoir magique qu'on leur confère certains jours de grand bonheur.

Il y a les excursions en autobus. Il y a les soirées récréatives qui sont plus nombreuses qu'avant. Plusieurs pensionnaires (presque tous...) semblent trouver tout cela fort intéressant. Certains semblent même avoir rajeuni depuis quelques semaines. Les employés et surtout les visiteurs bénévoles qui viennent nous rendre visite y sont sûrement pour quelque chose. Mais malgré toute cette bonne volonté qui se manifeste de façon si évidente, moi je ne trouve plus aucun plaisir à tout cela. J'aimerais bien rire en les écoutant faire des blagues. Mais je ne peux plus. Non, je pense que je ne suis vraiment pas douée pour la vieillesse. Je dois être une vieille marginale. Aux yeux des autres, une fantaisiste. J'aimerais partir sur la pointe des pieds sans déranger personne. J'aimerais ne pas décevoir les gens autour de moi. J'aimerais surtout que personne ne se sente coupable de quoi que ce soit.

Une soirée du mois d'août.
Tout cela tire à sa fin.

Je pense que tout cela tire à sa fin. Cela m'est venu un peu brusquement, mais les quelques soubresauts que j'ai eus depuis la mort de mon vieux compagnon ne m'ont distraite de l'essentiel que quelques instants...

Je ne vois pas très bien pourquoi je continuerais à tenir ce journal personnel plus longtemps. Car il faut bien le dire, c'est là la seule activité qui me tient encore à cœur. Il y a bien Virginie, mais ses amours avec le jeune monsieur Barbeau semblent maintenant la préoccuper beaucoup. Elle est venue ici pour renoncer au monde, mais elle semble avoir trouvé une nouvelle raison de vivre. A moins que je ne me trompe...

Je suis maintenant décidée à partir. Partir une fois pour toutes. Il faut d'ailleurs que je me dépêche si je veux prendre le même chemin que mon vieil Antoine. Bientôt, l'automne arrivera avec le froid et les premiers brins de neige. Lorsque la rivière Agile sera recouverte d'une épaisse couche de glace, il ne sera plus temps de prendre le chemin de l'eau.

La vie est une parenthèse et la mienne est demeurée ouverte trop longtemps. Avant de quitter les lieux une fois pour toutes, chère Virginie, je te laisse ces quelques pages. Ce sont là des extraits de mon journal personnel qui me semblent plus significatifs que d'autres. Je ne sais pas si ces pages peuvent vraiment être considérées comme notre journal de bord. Ce n'est au fond qu'un tout petit témoignage.

HILARITÉ

Lui, assis par terre, regarde tous ces adultes en contre-plongée. Des tantes, des oncles. Un père, une mère. Sans doute.

Et son rire éclate soudain dans tout ce bruit de voix sérieuses. Il semble avoir vu quelque chose au-dessus de toutes ces têtes, quelque chose d'irré-sistible.

Le silence se fait peu à peu dans le cercle des grandes personnes et un petit malaise s'installe, figé dans les yeux de tout le monde.

Et l'enfant, incapable de se ressaisir, roule par terre entre tous ces pieds comme un ballon fou. Que voit-il dans le ciel des adultes?

Et petit à petit, les grosses épaules se mettent elles aussi à sautiller de plaisir et le malaise disparaît sur la pointe des pieds.

Tous rient en même temps sans savoir pour-quoi, sauf l'enfant qui n'en dit rien.

L'enfant roi qui rit, c'est aussi la vie quotidienne.

1-800 363-2234
Tremblay sur un
Plateau

COMPOSÉ AUX ATELIERS GRAPHITI INC.
À SAINT-GEORGES-DE-BEAUCE
ACHEVÉ D'IMPRIMER SUR LES PRESSES DE
L'ÉCLAIREUR LTÉE À BEAUCEVILLE

EC—5194